阅读之前 没有真相

午夜文库

鸟居密室

[日]岛田庄司 著
马耀鑫 译

新 星 出 版 社　NEW STAR PRESS

序　章

　　夜晚，躺在身旁的妻子已经入睡，但有马依旧难眠。他从被窝里爬出来摇摇晃晃地走下楼梯，而伴随着他的是关节疼痛和体乏无力。正值腊月，天气寒冷，他在睡衣的外面披了一件和式棉袍。血涌上头，虽不严重却还是有些头痛。于是，他想借外面的寒气让大脑冷静下来。

　　有马站在街道上，想到今晚是平安夜，可如今自己哪里还顾得上这些。到底是什么原因，导致最近自己睡眠很浅，半夜频频醒来，还经常整夜失眠。长期的睡眠不足，使得有马早上疲乏无力，很难从床上爬起来，当然也不想去公司上班。早餐没有食欲，甚至觉得反胃想吐。

　　从床上爬起来后，有马才意识到自己原来做了一整晚的梦，因此近来才会整日头痛难忍。而且因为经常做噩梦的缘故，他还常常从梦中惊醒。

　　这次又是天未亮便醒来，有马上完厕所后就不想再躺回床上。于是他身披和式棉袍，步履蹒跚地走出了房间。本该是安眠和休憩的被窝，如今于他却苦不堪言。

　　有马勉强将棉袍的前襟合拢，蜷缩着身子站在寒冷的大街上。幸亏此刻无风，可这寒气渗进脖颈，多少有些难耐。他想着这总比在被窝里失眠强，便又在路上站了一会儿。有马打算抽时间好好思考一下自己最近如此状态的缘由。

有马生活在松坂庄，位于通向锦天满宫的参拜道路旁。他从自家二楼楼梯下来，右手边就是通往天满宫的石板路。他看看手表，现在是凌晨四点半。当然这个时间，路上根本看不到参拜者的身影。就连天满宫的街道也没有行人，一片寂静。

"咦？"他心中纳闷道，抬头看见前方居然有人影在。他定睛细看后发现，路旁和黑暗的小巷里，依稀可见一个又一个蹲着的身影。

这些身影姿势奇怪。只见他们双膝跪地，于双腿间低头跪拜，眼看头就要磕到地面。

这是什么情况？他们的姿势很怪异，身体弯曲若瑜伽大师。难道是喝醉了吗？不过最怪异的莫过于他们衣衫褴褛，而且衣服看上去不像是普通的破损，更像是饱经岁月风霜导致的。说得难听一些，就像是山里的遗尸穿的破布烂衫。

有马首先想到的是，这些人会不会是流浪汉，可又不像，他们仿佛是穿着铠甲。细思极恐，一种莫名的不安笼罩他的心头。

他能感觉到有什么东西在这座城里，而且数量庞大。到底是什么来路不明的东西，或者是逝者亡灵？可这里不是京都的市中心吗？又离四条河原町很近，按说不会出现这种情况。

有马感到一阵脊背发凉，终于清醒过来。路对面一直以来都是一片漆黑，什么都看不见，商业街微弱的光线起不到任何作用。而此刻，竟能看到几个身影在黑暗中慢慢挪动着。

成群结队的身影正一个接一个地缓慢前行。

眼前的一切令人难以置信，有马疑惑道：这些是徘徊的鬼魂吗？难道自己还在噩梦中吗？自己是不是仍旧躺在被窝里？

这些人到底是谁？他们在干什么？他们是从哪里冒出来的？又要到哪里去……

有马突然清醒过来，他在害怕的同时也在思考着。自己的眼睛到底看到了什么？他定定神重新盯着眼前的一切。这是什么东西？这个世界到底怎么了？这里发生了什么？我所知道的世界到哪里去了？

那些身影的轮廓逐渐显露出来，只见他们一个个身着甲胄，也就是铠甲，却没有戴头盔。大家全都穿着铠甲，没有一个人戴头盔，而且可以看到铠甲里面穿的衣服已破烂不堪，完全起不到任何遮体的作用。

突然，一声尖叫冲破了有马的喉咙。他看到那些衣衫褴褛蠕动前行的人们苍白的脸上，竟沾满了鲜血。不知是敌人的血，还是他们自己伤口流出来的血。血量大到已经覆盖了原来皮肤的颜色。

他们就像刚从血泊里爬出来一样，浑身是血，衣服已经被浸成了红褐色。就这样慢慢地沿路前进，从闪着微光的天满宫前走过。他们这是要去哪里呢？只见他们排队朝北面走去。北面，是御所的方位吗？

之前因为太暗而没有发现，其实那里不只有行路者的身影，还有些人在他们脚下拖着身子往前爬。也可能不是在爬，只是身体衰弱到站不起来，勉强弓着摇晃的身躯，艰难地往前走着。他们排队前行，拖着铠甲和破烂不堪的衣服。

这是成群结队的魑魅魍魉吗？有马的脑海里浮现了这个可怕的词汇。

那些佝偻着腰散落在黑暗处的人影中，有一个缓慢起身站了起来。有马注意到了这一幕，他立刻便扭头看了过去。

那名男子花了好长时间才站起来，然后抬起了头。有一瞬间，有马看到了男子的脸。因为看到了对方的上下排牙齿，所以有马脑子里飘过一个想法："他是在笑吗？"但其实不然，能看见牙齿也很正常。因为那男子没有脸，能看到的只有白森森的骷髅头。眼部深凹，没有双眸，骷髅头上只有两个黑色的洞，他衣衫褴褛，穿着铠甲站在那里。

黑暗中，有马依稀看到另一个不自然的佝偻身影也开始慢慢起身，花了很长时间才终于站起来。可他发现这也是一具骷髅，而且这灰色的骷髅头面部被红色黏稠的血液覆盖着。

眼前的身影被红褐色的血液浸透，脸颊无肉，枯瘦的身姿仿佛战败而逃的武士。他对站在松坂庄前的有马不感兴趣，只是一味地跟跄前行，想要与路对面蠕动前行的亡灵队伍会合。

成群结队的死尸，排队朝北走去。有马一直生活在这里，却没想到这座古都竟然如此可怕。直到此时，这种想法才终于给有马带来了爆炸似的恐惧，强烈的关于死亡的恐惧贯穿全身。如今，这座千年古都露出了真面目，它正从黄泉之国的死亡深渊朝自己招手。这恐惧让他感到仿佛脑子要裂开断掉，险些倒下。

有马脚下一阵颤抖，而这颤抖并不是因为寒冷，像是有什么东西穿过他的膝盖爬上来。有马感觉要被撂倒了，便弯起上身。此时他突然清醒过来，意识到自己要坚持住不能倒下，便努力慢慢地蹲了下去。他坐在冰冷的石头上，已经毫无抵抗之力。于是顺势朝后倒下，他的后背撞在了公寓的砂浆墙上。

来不及感受身体的疼痛，在逐渐消失的意识支撑下，他睁开眼睛，看到了右后方的鸟居。

有一个败逃武士模样的黑影跨在鸟居上，正拖着身子朝鸟居上方前进。

这时，有马终于发出了尖叫。可这只不过是他大脑想象出的行为，实际上他并没有发出声来。惊吓过度导致他声音沙哑，只能微微听见这沙哑的嗓子与空气摩擦的声音。

有马一下翻过身来狼狈地匍匐前行，先是爬进公寓的入口，然后又拼命爬上了楼梯。

他顾不上寒冷，也不在乎脏兮兮的地面，只是一味地与这强烈的恐惧和逐渐消失的生命力做抵抗。他喘着粗气，拼命爬上楼梯，朝二楼妻子正熟睡着的房间爬去。

1

在京都御所的东北方向，有一条从京都朝北行驶的民营铁路，名为睿山电铁。这条线路的宝池站前面是一个小规模的住宅区，现在已经发展为京都的卫星城。

宝池这个站名来源于它西面的一座水池，这个水池是江户中期为了解决农业用水不足的问题，在宝历年间建造的人工池。对于农民来说，这里的水资源十分宝贵，所以它就被人们称为宝池。

不知道是否因为历史较短的缘故，没人听到过关于池子的传说，这种情况在京都是相当罕见的。提到传说，隔壁街东面的天台宗寺院、赤山禅院都流传着有趣的故事。

从平安时代延续至今的千年古都——京都，曾是个怨灵横行的魔鬼城市。城中心是帝王曾居住过的御所，为了封住鬼门，防止灾难入侵，人们采取了很多方法。因为鬼门指向东北方向，所以现在包围御所的外围墙东北方向没有外拐角，而是像"凸"字右上角一样凹陷下去，以此来消除东北方向鬼门的概念，并称此处为"猿之辻"。

从这个凹角朝东北方向画出一条叫"猴线"的直线，这是区隔魔界所画的结界。把猴子并列排在这条直线上，就形成了猴子守护都城鬼门的结构。这种精神战争式的想法是平安京城市计划中极为重要的一面。因为"猿"字在日语中的发音跟"离去"一样，所以自古以来人们就相信猿猴有驱魔的灵力，是皇家朝臣们信奉语言灵力的产物。

一条戾桥的传说就是一个典型的代表，相传在平安京时代，棋盘网格状街道的外面是魑魅魍魉聚集的恐怖魔界。洛北位于京都北部的郊外，是一片杂草丛生的荒地，朝山脚走去途中会看到一些奇怪的神社和祠堂，里面住着恶鬼和来历不明的怪物。这些恶灵有时会给天皇御所以及整个都城带来灾害和疫病。

因此，在魔界结界线上的守卫兵——猿猴就显得尤为重要。结界线上零星排列的幸神社、赤山禅院、日吉大社等神社和寺庙是猴子坐镇的前线基地，其中赤山禅院屋顶上依旧有手持神币和铃铛神具的猴子。只不过据说因为这只猴子会时而到街上作恶，因此被套上了金属网罩。

宝池站前有一家名为"猿时计"的咖啡店，店名第一个字自然源自镇守于赤山禅院的猴子，而"时计"一词则是由于店主榊敬一郎以前作为京都帝国大学优等生毕业时收到了银表奖励，从而产生了集表的兴趣，并将收集到的表装饰到了店里，故得此名。

榊敬一郎只要看到喜欢的表就会买，于是买了各式各样的座钟和挂钟。刚开始他把买来的钟表放在家里，但后来由于数量太多而无处放置。碰巧当时隔壁擅长料理的老妇人去世了，她生前经营的小饭铺随之关张。恰逢店铺不好转让，他就以低于市场价的价格租下店铺，决定开一家咖啡店，让大家品尝自己喜欢的咖啡，还把自己收集的挂钟拿到店里，挂满了整个墙壁。碰巧此时邻居关店，这个时机对他来说再合适不过了。

大概是战前优秀的木工匠人比较多的缘故，全国各地有很多外形精美的木雕挂钟。榊敬一郎不辞辛苦地奔走于各地之间，一旦发现好货就会把它们逐个买回。猿时计咖啡店的墙面上摆满了他收集来的各式各样的钟表，形成了一道独特的风景，从而吸引了收藏迷的关注。这件事很快在京都传开，报纸、装修杂志、女性杂志等读物的记者们纷纷前来采访。京都喜爱古董钟表的同道中人乘坐睿山电铁前来参观，电视台也闻风赶来报道。

摆钟里有欧洲名品、美国珍品、日本制造的高级产品，而榊敬一郎最引以为傲的是德国赫姆勒公司制造的大型摆钟，外壳有精美的雕刻，是很难得的杰作。

咖啡店的经营者榊敬一郎在步入晚年后开始喜欢上俳句，还出版刊行同人杂志，在店里售卖，如此一来，自然而然就聚集了一些有相同爱好的朋友。榊敬一郎生性好客，当有客人询问挂钟时，他很乐意去讲解。就这样，他度过了很快乐的晚年时光，但是在越过八十岁这道坎后，却因罹患血管类疾病去世。第二年，与他相伴五十年的妻子也追随他离开了人世。

猿时计咖啡店和店铺墙上的珍贵摆钟都由他的儿子勉来继承，但由于勉是上班族，有自己的工作要做，咖啡店就交给他的妻子美子打理。美子是从京都的四条街区嫁来榊家的，之前也在店里冲过咖啡，咖啡店由她打理自然没有出现过什么问题。而对于美子而言，榊家的一切都无形地压在了她的肩上。在咖啡店要制作咖啡和轻食，在家里要给丈夫做饭。虽然夫妻二人还没有孩子，但是如今家中只剩她一个女人，她已经做好准备去努力奋斗一番了。实际上，等待她的命运远不止如此。

婆婆去世的第二年正好是东京奥运会，榊美子经历了前所未有的三年动荡时光。昭和三十九年（一九六四年）底，奥运会顺利结束了。但是圣诞节早上传来噩耗，美子的弟弟肇去世了。他原本在锦天满宫经营铸件工厂，怎料当天早上竟在沿鸭川行驶的京阪电车始发站卧轨自杀了。

　　此事登上了新闻的头条，整个京都传得沸沸扬扬。报社记者和周刊杂志的记者蜂拥而至，猿时计只好停业一个月，美子也躲在里屋不出来。她已经没了老家，父母双亡后弟弟将他们从小住的房子折现卖掉了。丈夫的父母都已去世，他们也没有远走旅游、隐身埋名的积蓄。

　　然而噩耗接踵而至，弟弟去世的当天晚上，弟媳澄子在锦天满宫鸟居旁的自家一楼被人勒死了。作为凶手被捕的是弟弟铸件工厂的员工——国丸信二。

　　这件事引起轰动的另一个原因是这个案件发生在密室里。一楼和二楼所有的窗户与玻璃门都用月牙锁或螺纹锁紧紧锁住，从外面根本无法打开。并且房门的钥匙只有被杀的主妇一人持有，后来美子得知，就连处于分居状态的弟弟也没有钥匙。但是，弟媳不是自杀，而是被人勒死的。

　　更令人悲伤的是，弟弟夫妇二人还有一个叫小枫的独生女。弟弟在将死之际的黎明，曾经用公用电话给美子的家里打过电话。

　　弟弟在电话里突然讲道："我老婆死在家里的一楼了。"

　　吃惊的美子反问道："怎么会？！"弟弟没有回答，而是自顾自地继续讲道："我女儿小枫还在二楼睡觉，要是不管的话，她今天早上醒来就会看到一楼死去的母亲。"

　　美子吓得说不出话，只能静静听着弟弟讲话。到底弟弟想让自己做什么呢？

　　"我不要女儿被吓到，她才八岁。求你马上到我家，把我女儿带出来，别让她看到自己的妈妈。我还有一个不情之请，求姐姐你把她带到你在宝池的家里将她养大成人，这是我这辈子唯一一次也是最后一次求你了。"

美子不知所措地问道："等，等一下，那你呢？"

"不用管我，我女儿就拜托了。"弟弟说完就挂了电话。

"别，别挂！"

美子还有好多问题想问，可电话已经被挂断了。弟妹为什么会死？工厂怎么办？弟妹经营的店铺怎么办？弟弟打算干什么？让我去你家，我虽然知道地方，可我没有钥匙，怎么进去呢？

美子茫然不知所措。这时，隔壁房间传来了丈夫痛苦的呻吟声。美子的丈夫得了胃溃疡，从昨天晚上开始就一直吐个不停。美子一直忙于照顾丈夫，几乎整夜没合眼。

弟弟他老婆死了，这个听懂了。但是作为丈夫，弟弟自己接下来打算怎么办？为什么他自己不去想办法把小枫带出来？

美子抬头一看，窗外还是一片漆黑。黎明之际，美子的大脑一片混乱，对目前的事态还没完全理解。弟弟让美子去他家，可是没有钥匙怎么进去？而且，当时弟弟态度也不冷静。自己的丈夫从昨晚吐到现在，又不能丢下丈夫自己跑出去。

美子回到卧室，尽管心里很着急，但她还是选择了暂时照看丈夫。她慌张地思考着：再这样犹豫不决，小枫就要睡醒了。不过就算睡醒也要到七点左右了，时间还来得及。

美子的丈夫一边吐着，一边重复说着自己恐怕得了胃癌。美子知道不是胃癌，因为他们一起去医院时医生诊断说是胃溃疡。如果连自己的丈夫也得胃癌的话，那自己的人生会变成什么样？美子想到这些，不禁感到绝望。最近悲剧接连发生，这到底是什么考验，莫非要请人来消灾解难？妈妈和婆婆都去世了，就连唯一的弟弟也是那个样子。美子想着想着，眼泪都快流出来了。

听到丈夫说"身体好多了",美子这才把弟弟刚才打来的电话内容以及弟弟夫妇二人的事情讲出来,并且说了句"你在家好好休息",就飞奔了出去。

本来以为电车已经在正常运行了,但是由于早上列车班次很少,美子一刻也等不下去,便到白川路拦了一辆出租车,朝锦天满宫赶去。

从出租车上走下来后,美子在空荡荡的商业街上一路奔跑,鞋子的声音响彻整个街道。当她来到锦天满宫的鸟居下时,穿着制服的警察已经在现场了。只见他们嘴里呼着白气,垫着布将临近参道一侧的玻璃门敲碎了。然后小心翼翼地从裂开的洞里伸进手,用力将螺旋锁打开了。

美子走上前,将自己的姓名和情况报告给警察。她解释道:"刚才我弟弟来电话,说女儿在二楼睡觉,让我把他女儿从家里带到宝池去,别让她看到一楼母亲的遗体。"

另一位警官点头,然后问美子是否有这家的钥匙。看到美子摇头后,警察似乎松了一口气,然后将他们知道的情况都告诉了美子。

您的弟弟——半井肇先生,刚才在京阪线的始发站卧轨身亡了。我们在他穿的衣服里找到了遗书和名片,所以才找到了这个住址。遗书中充满怨恨地写道:我和妻子都是被一名叫国丸信二的下属员工杀害的。警察说过一会儿要去国丸信二的公寓,他将作为重要嫌疑人被调查。美子听着事情的部分经过,就像做梦一样。

打开玻璃拉门,掀开窗帘后,昏暗的光线下呈现出弟妹经营的章鱼烧店。美子看了下手表,时间还不到七点,周围的街道光线还很昏暗。昼短夜长,冬日未升,寒冷的空气似乎要凝固起来。天满宫的鸟居就在身旁,怎奈天色昏暗,不能望见其顶,感觉像是漆黑瘆人的奇怪石柱。

美子跟着警察一起，胆战心惊地走进店里。她绕开简陋的桌椅，指着靠里的卧室门，告诉警察那里是弟弟和弟妹的卧室。

警察垫着手帕握住门把手，然后打开门看到美子的弟妹——澄子，仰面躺在那里。只见她闭着眼，被子盖到下颌，第一眼看上去面目祥和，就像睡着了一样。这一幕让大家松了口气，可当警察轻轻掀起被子一角，触摸了她的右手后，却说道："手是凉的。"紧接着在手腕摸脉搏，又用另一只手触摸了她的颈脉，最后安静又确定地说："已经死了。"美子不禁发出了一声惊叫。

这时，有人在枕边的榻榻米上发现了绳子，发出了"啊"的惊讶声。那绳子像是系在和服腰带下的绳子。

另一位警察看着澄子的尸体点头说道："那就是凶器吧，死者脖子上有勒痕和抓痕。"

警察一边说着，一边将被子稍稍掀开，拨开睡衣领口，查看胸前的皮肤。

看着眼前的一幕，美子强忍内心的痛苦。她没想到女人在死后，竟还要被一群男人围着查看自己的肉体。

于是，美子问道："那个，小枫还在楼上……我可以上去看看她吗？"

警察听到后点头同意，并嘱咐她："但是你什么都不要碰，就连电灯开关都不可以，开门时要用手帕垫着把手。"

美子点点头，跨过店里的水泥地面，原路返回商业街，然后从旁边的楼梯朝二楼走去。

二楼是卖儿童服装和锦天满宫参拜纪念品的商店。美子慢慢地穿过昏暗的店铺，来到靠里的房间前，垫着手帕将门轻轻推开。只见小枫静静地睡着，被子遮住了嘴巴。听到她清晰的呼吸声确认她还活着后，美子这才放下心来。

在小枫枕边的榻榻米上放着一个四方形的大包裹。因为美子没有孩子，所以没能立刻反应过来。过了一会儿，她突然意识到这是圣诞老人的礼物。今天是圣诞节，这应该是弟弟或者是死去的澄子放的礼物吧。

想到这里，美子意识到不能就这样叫醒小枫。如果自己叫醒她，那就等于剥夺了她发现礼物的喜悦，还会让小枫怀疑这是自己带过来的。一定要让小枫认为这是圣诞老人趁她睡着时放下的礼物，不管是弟弟送的还是弟妹送的，自己都不能枉费这一番良苦用心。

于是，美子轻轻关上客厅房门，走回二楼中间的收银处，拿起钢管椅放到路中央，随后轻声坐下。如此悄无声息，一动不动地等待小枫醒来。为了不打扰小枫睡觉，美子尽量不站起身或在店里走动。因此，当警察上楼来报告或询问楼下的情况时，美子都会走到楼梯处去应对。在告诉警察小枫安然无恙后，美子还是尽可能离小枫远些，动作和说话也都很小声，小心不吵醒小枫。

美子还将自己的这种想法告诉警察，希望大家能够配合。估计小枫很快就会醒来，如果想调查的话，希望在那之后进行。

警察同意了，并表示不需要对小枫进行问话。如果美子在与小枫的交谈中得知她看到了什么或者听到了什么，请立刻告知警察。

美子马上答应下来，并提出为了不让孩子看到楼下母亲的遗体，想等孩子醒后直接把她带出去。这时警察回答道："我们会在完成尸检后，将澄子女士的尸体直接抬出去，安置到五条警局的灵堂，这一点请您放心。"

美子放心了一些，但紧接着听到自己弟弟的遗体也放在那里，美子的神经瞬间被触动。她也觉得自己这样太自私了。对弟妹无动于衷，对自己的血肉至亲却反应强烈。这可能跟自己担心遗体损伤严重有关，但也不全是。

美子对弟妹有些地方不太满意，比如：在她这位大姑面前，弟妹的言行举止总是显得很刻意，跟一些男性老顾客过于谄媚，身体靠得太近，超出应有的限度等，这些美子都不喜欢。而美子也在反省自己，这种情绪是不是出于嫉妒。自己丈夫没能耐，夫妻二人现在都没怀上孩子，她的确求子心切。相反，弟弟一家曾公开表示不想要小孩，尤其是澄子经常这样讲，可她却很轻松就怀孕了。如果说澄子是为了顾及自己的感受才那样讲的话，就太令人痛苦了。她这种为别人着想的行为，可以说是另一种胜利。

警察蹑着脚走下楼，美子回到钢管椅处，孤零零的一个人等候，感觉过了很长时间，而实际上或许只有三十分钟左右。她一直在认真思考接下来该怎么办，小枫马上就八岁了，得考虑小学的转学问题；生活应该可以自理，但总归是需要人照顾的。

去年和前年公婆相继去世，宝池的家变得宽敞些。因此，家里能住得下小枫，也可以给她单独的房间。可自己还要经营猿时计咖啡店，总归是无法兼顾的。再加上每天至少要为小枫和丈夫准备早晚两餐，倒是可以让小枫来店里吃，可不知道店里是否会有空位。

是不是该为店里雇用员工了呢？店里要准备咖啡、轻食，清洗餐具和打扫整理，家里也需要打扫。那这样还有足够的时间和体力吗？说到底还是要考虑自己是否能承受这一切。自己不喜欢小枫的妈妈，一旦出事，脑子里肯定会浮现她母亲的样子，那还能将小枫当作自己的孩子养吗？

不知道丈夫会说什么。在自己看来，丈夫是不太喜欢小孩的那类人。不知道是不是这个原因，从未听丈夫说过想要小孩。

还有，自己是否有义务告知那孩子她父母去世的消息？可除自己外，也没有其他人选了。如果是这样的话，那这可真是个倒霉的差事。明明自己从未受到弟弟和弟妹的任何恩惠，不明白为什么自己必须去做这些事。

到底自己能否做到呢……美子越想越深，她的心情陷入了无尽的深渊。面对一个还是小学生的孩子，在这个迫切需要父母陪伴的年龄，应该什么时候告知她真相呢？

这个年纪的孩子，就算父母不在了也能顺利成长吗？精神上不会有打击吗？不会精神不稳定、学坏或者出现暴力倾向吧？如果这样的话，那自己就得一刻不能离地与问题儿童共同生活下去。这样过一辈子，自己受得了吗？

或许是明天、下周、下下周，又或是下个月，就算能缓些日子，大概也就是这个程度吧。到那时，自己就必须告诉小枫："今后你就没有爸爸妈妈了。"还得告诉她："你的妈妈是被人杀害的，爸爸是卧轨自杀的。"这些话怎么说得出口啊！小枫听到后，不会怨恨我吧？除我之外，这世上还有其他人可以心平气和地告诉孩子真相吗？

说起来，弟弟到底为什么卧轨自杀呢？是因为工厂的经营状况不好吗？可自己从未听弟弟和弟妹说过。我们姐弟一直以来都是分隔两地，互不干涉地各自生活着。

客厅传来微弱的声响。小枫醒了，美子不由得紧张起来。这时她才注意到房间亮堂堂的，太阳已经升起来，天亮了。

接下来，门被粗暴地打开，小枫出现在眼前。只见小枫头发乱蓬蓬的，一副睡眼惺忪的样子。突然，小枫喊道："妈妈！"被吓到的美子这才意识到，原来小枫把自己错认成妈妈了。而美子把这声音当成了对自己的问责，现在自己必须振作起来。

美子起身,眼泪不由夺眶而出。就在今天早上,这年幼的孩子同时失去了父母双亲,而她还完全不知情。

"小枫!"美子悲伤地小声叫着。

"嗯?姑姑!"小枫声音洪亮地问候道,满脸笑容地从屋内跑出来。美子惊讶地看着小枫阳光般的笑容,就如同看异次元的事物一般。与其说是惊讶,不如说是吓了一跳。没想到孩子的心情竟然跟自己大相径庭。

母亲死在楼下,可女儿却满面喜悦,欢笑声充斥着整个二楼。到底是什么原因,让孩子高兴得忘乎所以,没想到一个女孩子竟然能笑得这么大声。因为自己长时间情绪黯然,竟忘记世间还有这样开朗的声音。

"姑姑!我收到了这个哟!"孩子欢快地叫着。

"是圣诞老人给我的!"说着,小枫伸出双手将包裹递给美子。

美子一言不发地呆立在原地。

"你看,上面还有一封信呢。上面写着:之前没能给你送礼物,对不起。圣诞老人给我写信了呢!"

美子呆呆地站了一会儿后,突然清醒过来,终于冒出一句话。她回答道:"哦,是,是吗?这太好了!"原来孩子是因为这件事而欣喜万分。

或许是听到了楼上的声音,两位警察缓缓走上楼来,他们或许觉得没事了吧。

幼小的孩子惊讶地"啊"了一声,紧接着笑容马上消失了。可能是没想到这么早,家里竟然会有外人。

"早上好!"警察跟小孩儿打招呼道。

孩子瞬间露出害怕的表情,连忙点头行礼。

"我们想调查一下这边的窗户。"警察指着玻璃窗对美子说道。

然后一边靠近窗户，一边说道："锁都上得很紧。"

警察们接下来要开始工作了，于是美子对小枫说："小枫，现在一起坐出租车去姑姑家好不好？穿上衣服准备一下，一个人可以完成吗？要不要吃蛋糕呢？很好吃的哦！"

小枫有一瞬间露出了怀疑的表情，之后怯生生地点头同意了。

她接着问道："我妈妈呢？"

美子只好撒谎道："妈妈呀，嗯……出去了，不过之后也会过来的。"

2

带着小枫乘出租车回到宝池的家后，美子首先做早饭给她吃，然后去看丈夫的病情，确认他仍在安睡后，前往隔壁的猿时计咖啡厅，做好开始营业的准备。昨晚已经向丈夫的公司请过假，今天他可以在家休息。

美子将小枫带到咖啡店，让她坐在厨房里最靠近自己的座位，然后拿蛋糕给她吃。小枫似乎认为双亲不在身边的生活只是暂时的，她拿出圣诞老人送来的过家家套装，开始乖乖地一个人玩了起来。因为知道这里是咖啡店，所以她也拿出小小的红茶套装，模仿着从壶里往水杯倒茶，然后假装喝下。看着眼前的这一幕，美子想着这孩子长大后或许可以在店里帮忙，这样的日子应该很开心吧。

虽然过家家套装是带包装的，但是为了采集指纹，美子将包装纸交给了警察。因为之后警察会归还回来，所以连圣诞老人写的信也一并交了过去。小枫似乎对此有些不满，虽然是一个孩子，她也感到事情有些异常。

美子环视店内，发现猿时计咖啡店里没有任何圣诞装饰，这是因为自己对圣诞节不感兴趣。如果是新年的话，还会做一些装饰。美子又开始思考自己对圣诞节缺乏兴趣的原因，大概是因为自己没有孩子吧。

现在才刚刚是上午,所以店里没有客人。公公去世后,喜爱钟表的朋友以及热爱俳句的同好一下子都不见了踪影,店里瞬间空荡荡的,从早到晚都没有客人的情况经常发生。虽然这会影响生计,但是如今家庭成员增加,店里空闲倒是很难得的。

为了不让小枫感到无聊,美子振作起精神。小枫开始感到寂寞时,美子就让她站起来,带她来到挂满钟表的墙壁前给她一一讲解。虽然美子从公公那里听说了很多挂钟的故事,但是小枫对此好像并不感兴趣。不过想想也是,对古董时钟的喜爱,也只是老年人的嗜好罢了。

美子返回厨房,把小枫玩的过家家套装里的咖啡杯洗净,然后倒入少量咖啡端给她。美子想到这杯咖啡可能对孩子来说太苦了,于是就又在另一个杯子里倒入牛奶递了过去。得到专业的大人的这一系列服务,小枫看上去很开心。她将小杯子端到嘴边,小口地喝了起来。

看到孩子的笑容,美子也高兴了起来。她意识到,原来这就是有孩子的生活的乐趣。可是一想到这里,一种痛苦和失落的心情就涌上了心头,她不禁感叹女人真是种讨厌的生物啊。

想到家中的丈夫,美子跟小枫嘱咐了句"在这里等着",就返回家里,去卧室查看丈夫的情况。丈夫已经醒了,虽然脸色发白,但整体恢复了一些。总的来说,他晚上病情严重,白天稍有好转。

"你饿不饿?要不要喝粥?"美子问道。

丈夫回答道:"要那种非常清淡的,像水一样的。"

"米汤可以吗?"美子说道。

"还有帮我做个苹果泥。"

听到丈夫的话后，美子回答道："知道了。"然后就返回店里，在厨房里制作粥和苹果泥。从厨房出来时，美子看到一个装点心的袋子，于是把点心拿出来放到小碟子里，拿给乖乖等待的小枫吃。可她转念一想，如果一直这样用心照顾，肯定坚持不了多长时间。今后还要一起过很久，过于费心照顾的话，会很累的。

"姑姑，我妈妈什么时候来呀？"小枫问道。

该来的还是来了，这是美子一直害怕的问题，她一时间回答不上来。她必须接着撒谎，可脑子里一时想不到合适的回答。她边干活边思考，终于过了很久后说道："我也不太清楚，不过她应该会打电话过来的。"她抬起头，正好与认真凝视着自己的小枫四目相对。有些胆怯的美子慌忙避开了视线。

然后，她低下头，专心洗刷餐具。此时，挂在门上的门铃响了，一位男性老主顾出现在了眼前。

"早上好。"他用洪亮的声音打着招呼，嘴里说着"来一份早餐套餐"，然后坐在了靠窗的座位上，从手边架子上抽出报纸展开来看。

美子被这洪亮的声音拯救了，默默坐在那里看报纸是他的习惯。而美子则默默地冲好咖啡，用吐司机烤厚切面包片，涂上黄油，加上一个与小枫的过家家玩具类似的迷你容器，里面装着橘皮果酱，最后将这些端到客人的餐桌上。

"好的，谢谢！"听到客人的感谢，美子回以微笑，然后返回厨房。

这时，客人问道："那个孩子是谁？"

美子习惯性地微笑回答道："是我家收养的，今后要一直在我家生活了哦。"

虽然是以诙谐的语气回答的，但是在说完的瞬间，她与满脸惊讶的小枫四目相对时，才察觉到事情不妙，因为这件事还没有跟小枫讲。

小枫仿佛察觉到美子有大事瞒着自己，这背后隐藏着什么秘密。美子也知道小枫已然察觉。

证据是那天直到睡觉，小枫都不曾问及母亲。

在之后的日子里，小枫一直沉默不语。过了一个星期，一个月，小枫都不曾问及自己的爸爸妈妈。直到昨天还生活在一起的父母，突然消失不见了，而这个孩子却对此不闻不问，这情况太异常了。美子感受到，这个曾经性格开朗的孩子，渐渐地心情低沉，变得沉默寡言了。

从来到这个家的那天起，小枫就已经意识到了不对劲儿，并且知道不能问"妈妈什么时候来"。美子觉得这种情况是自己造成的，是因为自己的一些失言，或是表露的神色。从自己与客人不经意的谈话中，小枫得知她再也回不去锦天满宫的家了。并且意识到，绝对不可以问及母亲的事情。美子思索着这对于一个八岁的孩子来说，该有多么痛苦。

不应该用这种方式，应该两人促膝而谈，看着孩子的眼睛，用更好的更真挚的方式来传达这件事情。美子意识到自己用了能想到的方法中最差的一种，可现在再做什么都于事无补了。

美子开始猜测小枫的想法。她认为不能问及母亲的理由是什么呢？以为父母失踪了，也就是说，她觉得自己被母亲抛弃了，还是说她已经知道母亲去世了呢？她到底为什么没来问自己？美子思来想去，却没有任何头绪。

美子反思自己的这种做法是否超出了孩子的承受范围，或许孩子因此受到了很大的心理创伤。尽管如此，因为知道自己还是个孩子，必须依靠大人才能生存下去，所以她才一声不吭地按照我说的做。想到这里，美子更加确信自己的猜测，这让她羞愧得坐立难安，认为自己不配做一名母亲。

美子一边骂自己是个没本事的大人，一边默许了孩子的沉默。之后，小枫开始到附近的小学上学。五年后，小枫小学毕业升到初中。在这期间，美子一直拖延着没有告诉小枫她父母去世的消息，而小枫也没有再问起过。唯一提起的一次，还是刚搬来美子家的那次。

终于，在小枫初一那年放暑假时，美子告诉了她父母去世的悲讯。而小枫听到后却毫无反应，只是点点头，没有露出任何悲伤或低落的情绪，至少在美子看来是这样的。这让美子怀疑她是否早已知晓真相。她听别人说的，还是在报纸或什么地方看到消息了呢？

小枫变成了一名性格古怪的孩子，而具体的性格却很难解释清楚。她的日常作风倒也正常，平常也爱说爱笑，喜欢小动物。学习成绩优秀，经常被老师表扬。作为优等生被选为班委后，她也很乐于承担责任。可是，美子总觉得她与周围没有联系，一直活在自己的世界里。

小枫没有让美子和勉担心的地方，丈夫也不会觉得烦，反而挺喜欢小枫的，两人很快便打成一片。这其中有个契机。小枫来到这个家的第二天，警察就上门来访，将圣诞老人的信还给了小枫。那时，不知为何，警察还给了她一些花种。勉觉得很有意思，于是把它们撒在了门口的花坛里，并且教小枫如何照看它们。从那以后，小枫就很用心地照看它们，最后终于开花了。她把花摘下来，带到猿时计咖啡店装饰起来。勉看上去很喜欢这样的小枫。

正因如此，小枫也很喜欢勉。勉的性格沉稳，平常完全不会批评人，他曾经志愿当一名高中老师，还持有教师资格证，所以喜欢教孩子东西。小枫升学后，他开始频繁地为小枫指导作业，大概教授方法好，小枫也不排斥，很认真地听他讲解。

夏天采集昆虫和植物时，勉会主动带小枫出去。因为家离山比较近，朝宝池的方向走去，有很多绿色植被，环境很好。多亏了勉，小枫才能在小学和初中一直保持优异成绩，经常排在年级前十名，并且经常担任副班长——因为是女孩子所以只能是副的。同时小枫成绩优秀，出席家长会时，美子都是很骄傲的样子。

小枫也知道自己成绩好的原因，因此很感谢勉。大概是小学四年级的时候，小枫在咖啡店帮忙时曾提到过勉，她说："勉爸爸学习好，不会喝醉，也不会打妈妈，所以我很喜欢他。"

虽然听到这些美子很开心，但是她的心里五味杂陈。因为她知道弟弟曾经喝醉酒后打过弟妹。与此同时，美子想起了自己当初选择勉当自己丈夫的原因。弟弟肇小的时候不喜欢学习，成绩不好。比较擅长运动，喜欢吵架，爱动粗，很讨人嫌。小学和初中时，两人上同一所学校，但是关于半井肇是自己弟弟这件事，她一直瞒着大家。这种遮遮掩掩的心情，一直伴随着她。

相反，勉是学习成绩好的优等生，跟父亲一样都上的京都大学。与肇完全相反，勉是滴酒不能沾的体质。因为喜欢勉的这些特质，美子与他结婚了。也就是说，出于与小枫相同的理由，美子选择了勉。

不过，勉的身体较弱，尤其是肠胃很不好。他喜欢半夜读书，睡眠不好，渐渐地早上起不来，便开始抱怨自己不适合朝九晚五的工作。勉的学习成绩好，在应试和学习方面有天分，但是在美子看来，他除此之外并没有特别突出的地方。看起来并不适合当医生或者律师。说到底，他也不是医学部或法学部出身，现在换工作更不可能。

虽然勉的性格沉稳，但也有优柔寡断的一面，有时会出现前后言辞矛盾的情况。也就是说，他说的话经常会变来变去。有段时间他面容呆滞，突然有一天回来说他辞职了。还辩解称是因为睡眠不好，身体吃不消。就在美子想看看他到底想干什么时，他说要在家里开私塾办补习班。美子听到后，惊讶地问道："在哪里办？"紧接着勉说要在院子里建一个预制装配式的小房子。

小枫上小学六年级时，他指导小枫学习，可能从那时开始觉得教书有趣吧。多亏了女儿，再次激发了他当老师的热情。勉的心中似乎认为猿时计也姑且有些收益，即便没有自己的收入，生活仍然可以维持下去。但是，这无形中就给美子增添了维持生计的压力。

令人庆幸的是，小枫并不是个麻烦的孩子。升入初中，即使知道了父母去世的事实，她的性格也没有发生很大变化。这让曾经担心到夜不能寐的美子放心不少。小枫或许性格强硬，但绝不固执。初见会给人阴郁的感觉，那是因为她不会主动去跟人讲话。实际上，她骨子里是个诚实又体贴的好孩子。她说将来想成为一名护士，为社会做贡献。

然而丈夫勉却展现出性格执拗的一面。可能是因为当了私塾老师，成为执掌一片天地的孩子王的缘故，他的性格大变，出现了强迫他人的言行。当听到小枫说想当一名护士时，他竟然说让她上医学部，将来得当一名医生，横竖都是学医，要当就当领导。

小枫回答说自己不喜欢当医生，女孩子就要当护士。听到这个回答，勉气冲冲地对小枫嚷嚷道："你说什么？亏你还是班委呢，你是爸爸的孩子，我绝不允许你学习不好。你要当护士的话，就给我去上京都大学，京大以外的学校我是不会出钱的。私立大学就更不行了，我们家又没有钱。"

维持家里的生计变得困难起来，而勉明白这是自己造成的。因为是京大毕业的，他开的私塾招来了学生，但是总共也就十几个人，这还是降低收费的结果。总归是教不出能考上京大或阪大的学生，况且这是乡下，优秀的孩子是不会来他的私塾的，他们都坐电车去镇上的私塾了。

因此很长一段时间，他都只能赚到一些零花钱。要想挣钱，就要到镇上去，要么到那些指导孩子上知名大学并且出过好成绩的名校预备校当老师，要么就得新办私塾。可是勉却轻视了当前严峻的竞争态势和面临的经济风险。眼看家境日益穷困，出于责任意识，一向沉稳的勉开始痛苦起来，应了"人穷志短"这句话。

在小枫刚上初一的那个秋天，美子感到仿佛一阵秋风刮过，夫妻二人的关系变得冷淡起来。丈夫毕业于京大，学历高，性格稳重，尽管不是特别帅，但身材高大。虽然不曾跟别人讲，但当初结婚时，美子在内心是有所期许的。她想着这个人将来会成为受人尊敬的人，或者成为国家或地方的重要人才，而这些都将会是自己引以为傲的事情。

可没想到计划赶不上变化，京大毕业的精英如今却成了区区一介私塾先生。而且是那种随处可见，甚至连乡间私塾都不如，场地还是在自家小院的预制装配小屋。名不见经传，来上课的孩子屈指可数，都是成绩差的孩子，因此收益跟他设想的金额相差甚远。

但是转念一想，勉的父亲敬一郎曾经也是如此。虽然曾经是京大的银表毕业生[①]，后来也考上了公务员，却并没有特别出人头地。

或许是因为焦急的心理使勉的性格渐渐产生了变化，曾经沉稳安定的样子逐渐消失，他的性格转而变得固执、易怒，经常抱怨和大声叹气，还挖苦人，找人麻烦。事情不应该变成这样，美子眼中的勉应该是更加优秀可靠的伴侣。或许他自己已经意识到了这一点，但是美子还是很难接受这种失望的感觉。

不仅是夫妻关系，就连一度认为发展顺利的勉和小枫之间的关系也出现了裂痕。面对将价值观强加到孩子身上的父亲，小枫昔日对他的尊敬之情已如风前残烛般不堪一击。美子看在眼里，这更加剧了她的焦虑。

如今美子才明白，过去勉之所以性格沉稳，是因为有京大毕业生这个光环的支撑。但现在的情况，不该是一名京大毕业生应有的处境，他曾经幻想的未来与现实之间存在着巨大的差距。他曾经装作漠不关心京大毕业生一事，如今却对此无比执着。他又回到当初被众人艳羡的学生时代，一心认为京大才是世界的最高学府，想告诉大家从那里毕业的自己是非常厉害的。也就是说，如今他唯一能引以为豪的只有这个了。

可以看到他是有私心的，他非要女儿小枫上京大，如果顺利的话，他也能以此来宣传自己的私塾。如此卑鄙的计划，难道小枫没有感受到吗？她一定也对父亲的幼稚而感到失望吧。

这时，奇怪的事情发生了，或许这与家里的氛围不无关系。猿时计咖啡店里挂着的大量摆钟差不多都坏掉了，因为钟表不转，所以也无法显示正确时间。没上弦，钟摆也停了，钟表仅仅

[①]因学校对优等毕业生授予银表而得此称。

成了摆设。

有老主顾发现只有赫姆勒公司的那个摆钟还在摆动，并且把这一情况告诉了美子。

"只让这一个表转吗？"

美子也是第一次发现，然后笑着否定道："不是的。"仔细一看，钟表确实在动，当她想要将钟表的钟摆弄停时，立刻意识到不行，因为钟摆外的玻璃门被锁住了。

带门锁的摆钟只有三架，赫姆勒公司生产的这架大型钟表就是其中之一。三把钥匙放在了主屋客厅的保险箱里，而偏偏只有带锁的赫姆勒公司产的钟表钟摆在动。于是，美子立刻返回主屋，转动拨号密码盘，打开保险箱，取出钥匙，然后返回店里打开了钟摆外的玻璃门，手动弄停了钟摆。

那天的事情就此告一段落，客人也很快失去了兴趣。原因不曾深究，但美子能想到的就是钟摆或者钟表本身受到了晃动。有可能是地震，也可能是有人触碰并摇动了钟表。如果是这样，为什么其他钟表的钟摆没有晃动，这一点她倒是没有深思。

第二天下午，钟表发出哪的一声巨响。令人惊讶的是，这次又是那座赫姆勒公司产的钟表。店里仅有的两位客人都惊讶地看着墙面。被吓到的美子靠近一看，发现那架赫姆勒公司制的钟表钟摆正在摆动。并且表针也在转动，钟声打响的正是现在的时刻。

美子再次急忙返回主屋，从保险箱中取出了钥匙，然后打开带有雕刻花纹的钟摆前门，用手拨停了钟摆。

因为感觉有些瘆人，所以她没有立刻关上门，而是盯着钟摆看了一会儿。手动拨停后，钟摆停了下来，看上去也没有再动的迹象。就这样静静注视了一会儿，确认它不会再摆动，她才将门关上了。她想着这可能是谁在恶作剧吧，要是果真如此，那就必须上锁才行。于是她就又将门锁上了。

然而，次日清晨，当美子来到猿时计时，发现那架钟表又动了起来。

钟摆前门带着锁，美子已紧紧地锁好。她用手抓住门把试了试，确认是打不开的。

美子已将钥匙串拿回家，锁在保险箱里。除了美子夫妇外，谁都打不开这个保险箱。因为保险箱的密码只有他们两个知道，就连小枫也没告诉。不言自明的是，勉和美子都没有打开过时钟的前门拨动钟摆，他们也没有理由那样做。为了保险起见，美子询问了勉和小枫，摸不着头脑的两人对此表示一无所知。

钟摆突然自己动起来了，而且只有赫姆勒公司生产的那一架，到底为什么会发生这样的事呢？面对这种前所未有的情况，美子陷入了沉思。与丈夫商量，他也是百思不得其解。

后来，美子又向公公认识的博学多识的长辈熟客们请教，答案依旧无从知晓。大家都只是表示怀疑地笑着反问道："真的吗？"可是当他们亲眼看到后，又都沉默了。

有一天晚上，咖啡店关门后一家人在客厅里喝着茶聊起了奇怪钟摆的话题。这时，小枫突然说道："半夜里，有只猴子会进入店里，摇动钟摆。"

勉和美子都惊讶地看着小枫，可小枫却一脸认真的样子，完全不像在开玩笑。

"什么？"勉惊讶道，"小枫，你说的是真的吗？"

小枫点点头说："真的。"

"你亲眼看见了吗？"

"看见了。是个小猴子。它进入店里，摇动了那个时钟的钟摆。"

28

小枫一脸认真，看起来不像在说谎。勉被吓得目瞪口呆，嘴微张，他的眼神像是在问："这孩子没事吧？"

　　猴子进入店里，这是不可能的事情。既然关店了，那就是门窗紧闭的状态。玻璃窗是镶死的，根本不能开关，也没有缝隙能让猴子钻进来。

　　小枫说的该不会是她梦见的情形吧？有所顾忌的美子又不敢去验证。因为小枫看起来很认真，如果跟养女发生口角也不好。

　　可就算小枫在撒谎，事实是毋庸置疑的，那就是只有赫姆勒那一架钟表的钟摆自己动起来了。

　　次日，美子再次来到店里，她发现赫姆勒时钟钟摆又在摆动着。

　　听闻此事后，勉来到店里，用铁丝将钟摆牢牢地固定住。这样，钟摆就再也不会动了。

　　除了赫姆勒挂钟以外，其他钟表都丝毫没有摆动的迹象，这件事虽然就此告一段落，可终究成了未解之谜。

3

"御手洗先生,世界上没有圣诞老人吧?"

一九七五年的冬天,我走在路上,欣赏着四条路商业街的圣诞节装饰,向旁边的御手洗先生问道。

"这个嘛……"

御手洗先生回答时并没有看着我。四条路的人行道上人多闷热,但是每次走到路口时,都会有寒冷的北风迎面吹来。

"我实在不想轻易地赞成你的说法。"

他看着远处腌菜店前正在给行人发传单的圣诞老人继续说着。

"要说它不该存在的原因嘛,那就是,这根本就是个完全被看穿的世界啊。哦,对不起!"

两个女人结伴而行,御手洗先生差点儿撞到两人,于是急忙避开身体。那两个人的脸和脖子都被涂成白色,看上去是艺伎,她们优雅地低头行礼,与我们擦肩而过。

"完全被看穿?"

我不太明白这句话的意思,于是接着问道。

"把脸涂白的艺伎是收到了老板娘的指示才打扮成那样的,因为老板娘想给自己的店里多招揽些顾客,她应该也想过个丰盛的好年吧。

"腌菜店前的圣诞老人并不关心京都小朋友的幸福，他只是收了旁边点心店的钱，在发传单做宣传罢了。而点心店也只不过希望自己的蛋糕在圣诞节畅销而已。

"远处的两个女孩子对化妆品很感兴趣吧，她们一直站在店前不走。她们想变漂亮，然后捕获优秀的男生，从而超过旁边的好朋友，然后这样……"

一位大着肚子的女士从人行道上与他们擦肩而过。

"她想生个好孩子，男人可以随便抓的时期很短，适合生育的时期更短。她希望孩子上学后取得优异的成绩，痛快地将其他眼红的母亲比下去。再然后，孩子上大学，找个好的工作，最终让自己过上富裕的老年生活。"

"啊？"

我叹了一口气。御手洗先生经常说些这样奇怪的话，这种时候我就跟不上他的思路了。

"御手洗先生，你说的是真的吗？女人真的是那样想的吗？"

"这个嘛……"

御手洗先生说着笑了。然后，我们从四条路的人行道上左转到麸屋町路。

"不知道也是好事，反正就算你不想，早晚也会知道的。"

"我不能理解。"

进入小巷后，刚才的铃儿响叮当的圣诞音乐也渐远了。

"世界上充斥着女性道德观，完全成了一个真相为世人所知的监狱。如果其中真的有一个糊涂爷爷能不为个人得失，不为胜负，只为了孤独生活的孩子们而自掏腰包发礼物的话，那该有多好呀。啊，我相信。我当然相信他的存在。这不能只是一个幻想。如果只是幻想的话，谁来拯救那些在生存战斗中身心都受到玷污的人呢？"

我默默地边走边思考着。跟御手洗先生在一起，经常会遇到这种情况。不知道他是否知道我的想法。

"御手洗先生，你知道我刚才在想什么吗？"我问道。

"嗯，什么意思？不知道。"

御手洗先生有些惊讶地反问道。不过，在我看来，那是他独特的演技，感觉他又在装傻充愣。

"为什么这样问？"

被他问了之后，我想了想，开始向他解释之前就计划找机会跟他讲的事情。

"我现在上的预备学校里，有一位叫榊枫的女孩儿……我之前想跟她讲圣诞老人的事情，但她不是御手洗先生你说的那种女孩儿。"

"是应届生吧？"

"是的，她跟我一样都没考上京大，现在想考京都府立大学。不过她的家人告诉她，如果不是国立或者公立大学就不让她上。所以就算她成绩不错，但如果只能考上私立，她也不能上大学了。"

"还有京都府立医大呢。"

"是的，医大。她说这个学校也可以，有医学部护理专业。她虽然想考文学部，但是也很向往当一名护士。"

"听上去像是父母的想法呢。"

"她没有父母，她的父母在她八岁时就去世了。"

"父母双亲都在她八岁的时候去世了吗？"

"是的。"

"同时吗？那是事故吗？"

"不知道,她也没有明确说,好像有什么隐情。她是由亲戚养大的,没有兄弟姐妹,是个孤独的孩子。不爱说话,性格古怪,有时会说些奇怪的话,所以也没有女生朋友。如果整天和同学一起待在学校的话,或许会在教室被人欺负。"

"那个女孩发生什么事了吗?"

"她说她相信有圣诞老人。"

"嗯?"

御手洗先生满不在乎地说。

"不过她可不是脑子不好,相反她的成绩很优秀。现代国语在全国排十几名,听说在写小说,有时还画漫画。"

"那她竟然会不知道圣诞老人这种风俗背后的计谋吗?"

"她当然知道那是父母给送的礼物,但她这一辈子曾有一次真正收到过圣诞老人的礼物,她很坚持地这样说,而且很坚定地相信就是这样。"

"那是说她小时候的事吧?"

"听说是八岁的时候。"

"那她为什么坚信那次不是父母给的呢?"

"据说那时她父母已经死了。她从出生以来,就不曾收到过圣诞老人的礼物。她曾经瞒着父母,睡前偷偷把袜子放到枕边,第二天醒来激动地看袜子时,发现里面什么也没有。"

"嗯。"

"她父亲曾对她说,我们家是佛教徒,所以基督教的圣诞老公公不会来。她父亲因为工厂经营得不顺利,变得有点神经衰弱。"

御手洗先生点点头。

"确实会有这种情况。那她父母去世之后呢?"

"她被亲戚收养了，貌似现在也和他们同住。她说圣诞老人一次也没来过这个家。"

"那她的少女时代真是寂寞。"

"是呀，她还在想为什么圣诞老人都去别人家了呢？就连寺院住持的孩子都收到礼物了，为什么就不来她家呢？"

"肯定会这样想吧。正在人格形成的时期，遇到这种特殊对待，肯定是不好的。"

"御手洗先生，你觉得呢？在她的一生中，圣诞老人只来过她家一次。这件事，你怎么看？"

"原因吗？"

"嗯。"

"那就是谁觉得她可怜，变成圣诞老人给她送了礼物吧？"

"是吧，谁都会这样想吧。我也这样觉得。她已经十九岁了，肯定也不止一次这样想过。"

"嗯，除此之外不可能有其他答案。"

御手洗先生也这样讲。就连他都这样讲，这让我感到一丝意外。

"不过，这有点不太可能。"

"为什么？"

"平安夜那天，她家是封死的密室。她那时姓半井，家里是两层小楼。她睡在二楼的房间，二楼的窗户都上了月牙锁，一楼的玻璃拉门则是带螺丝的螺旋锁。门窗都被锁得紧紧的，家中出入口有三个，据说也全都上了锁。所以除了圣诞老人，其他人不可能进入她家里。"

"圣诞老人的礼物是不是放在大门外面的？"

"不是，说是在她睡觉的枕边，就在榻榻米上放着。"

"是不是手掌大小的小礼物?"

"也不是,是个很大的礼物。说是放在纸箱里,放了一整套过家家玩具,有双手环抱这么大。"

"她当时睡在二楼?"

"是的。"

"她跟谁一起?"

"据说只有她一个人。"

"一个人,那谁睡在一楼?不可能让一个八岁的小孩儿自己睡在两层楼的家里吧?"

"好像是就她一个人。"

"嗯?"

御手洗先生扭过头来。

"那拿着家里钥匙的人就是圣诞老人。"

"只有她妈妈有钥匙。"

"啊?她父母都已经死了吧?"

"是的……"

"等等,怎么感觉有点奇怪呢,事情有点乱。"

"剩下的直接去问她吧?我等会儿要去跟她见面。如果可以的话,要不要一起。"

"在哪里?"

"就在现场。还挺近的,如果有兴趣的话可以一起去。另外,她也想向医学部的人咨询一些护理专业的问题。"

"为了查明到底谁是圣诞老人吗?"

"是的。不过,好像实际上还有更严重的案件。"

"更严重的案件?"

4

　　穿过腌菜店等食品店林立的锦市场商业街，我将御手洗先生带到了锦天满宫短短的参道入口处。
　　"咦，这是怎么回事？"
　　御手洗先生抬头看到参道入口处的石头鸟居后，惊讶地说道。每次带人到这里来，大家毫不例外都会这样讲。
　　"鸟居的左右两边都伸进了两侧的建筑物内！"
　　"没错。"我回答道。
　　"为什么会成这样呢？"
　　"大家都说是城市化的影响。"
　　"东京奥运会带来的经济高速增长的巨浪竟然都波及这座千年古都了？"
　　"是的。"
　　"从鸟居下面可以看到锦天满宫呢，那里曾经供奉着菅原道真公吧。"
　　"对的。"
　　"不知道这位学问之神作何感想。巴掌大的参道受到土地拍卖热潮的洗礼，冲昏头脑的人们买卖充满土风的土地，寸土必争，差点儿把参道铺路石都卖掉了。买地者把土地界线往空中延伸，于是就逼近了鸟居的两端是吗？"

"肯定是那样的吧。"

"买地者不小心忘记这里还有鸟居，而卖土地的钱早已不知进了谁的口袋，等发现时早为时已晚。真是个伊索寓言式的故事呢。买地者也只好最大限度地在土地上盖满建筑，这样一来鸟居的两端就进了室内，对吧？"

喜欢开这种玩笑的御手洗先生，弯腰窃笑着。

"或许他们可以把鸟居当作帽钩呢。那个叫榊枫的孩子呢？"

"她八岁的时候住在右边这幢房子里。"我指着鸟居右边的建筑回答道。

"也就是说她当时睡在二楼的房间里？"

"是的。"

"一楼是汉堡店呢。"

"是的，不过据说当时是章鱼烧店。榊枫，也就是半井枫，她的妈妈以前每天都在这里烤章鱼烧。二楼现在还跟当时一样，卖一些锦天满宫参拜的纪念品和适合年轻人的衣服首饰之类的小东西。我跟榊枫约好在这家汉堡店会合。"我说道。

我们吃着芝士汉堡等待时，榊枫穿着粗呢大衣低着头进来了。她看到我后，小声"啊"了一下，举起了右手。紧接着，她低着头走过来，怯生生地坐在我们面前的椅子上。看到御手洗先生，将头又向下低了点。

"这位是京大医学部的御手洗先生。"我介绍道，"就是经常跟你提到的那位。"

"哦，好。"

小枫注意到御手洗先生并回应道，眼神害羞地向下看。

"听说你想考府立大或府立医大是吗？"

御手洗先生问道。

"呃,是的。不过可能够呛。"

她低着头说,看起来不准备脱下外套。

"你不是想问一些关于医学部护理专业的问题吗?"我催促着她。

她点点头,用很小的声音问:"嗯,是,那个,护理专业有解剖或者动物实验吗?"

"没有。"御手洗先生轻描淡写地回答道。

"没有啊,太好了。"

"没有动物试验,不过有解剖课。"

"嗯……"她的神情忧郁起来。

"有老鼠的解剖,还有人体的。"

"呃,是哪个部位呢?"

"所有部位。不过是已经解剖好的,将浸泡在福尔马林里的送检样本运过来,让大家观察和触摸。"

"那,那我可能不行。"

她的头越低越深。

"你想成为护士吗?"

"嗯……是,以前比较向往……"

"听说你相信圣诞老人的存在。"

她沉默了,然后说:"我知道这很奇怪,不过我不希望这件事情被人否定。"

"我也相信。"御手洗先生接着说道。

"嗯?"

"任何事物都是这样,当人们坚信不疑时,本尊才会出现。"

小枫沉默了片刻,然后深深地点了一下头。

"我见到本尊了。不对，没有看到脸。"

"是你八岁的那时候吧。"

"是的，确实。"

"是在这个房子里吧。"我在一旁插嘴道。

小枫默默地点头。能看出来她在犹豫，不知道到底该说出来还是该保持沉默。她一直生活在这种痛苦之中。

"小枫，你一直在苦恼吧，而且苦恼了很久。如果你想摆脱苦恼，那现在就应该讲给御手洗先生听。"

"嗯。"

她说完后，又陷入了沉默。

"没事的。"御手洗先生笑着说道，"不想说，也不用勉强自己。"

"不，我想说。因为有好多事我不理解，那时我才八岁。可是圣诞老人的事情我不想说，我想留在心里。"

然后，又是一阵沉默。

"不过，说到那件事就必须提起圣诞老人。十一年前我住在这里，当时这里跟现在不同，那里有个隔断墙，对面是我家的客厅。"

"这里以前同时也是你的家吧。现在没人住在这里，只是一个店铺。"我说道。

"嗯，我住在这里的时候，空间更小。靠近寺町商业街这一侧放着章鱼烧的台子，妈妈每天都在这里烤章鱼烧。靠近鸟居的这一侧有三扇玻璃门，里面摆着桌子可供客人吃章鱼烧用。夏天还卖冰草莓和冰豆沙。"

"圣诞老人来的那天晚上，这里是密室吧？"

"是的。一楼鸟居一侧的窗户和门都用像螺丝一样需要转动的锁……"

"螺旋锁。"

"对，就是那个。那面墙和卧室都有窗户，也都是螺旋锁，这是一楼的情况。"

"是老式的锁吧，不过这些锁都确实锁紧了？"

"是的。"

"那门呢？"

"那边右侧的墙上有一扇通往小巷的门。这边楼梯处有扇门，走进一楼这扇门，爬上楼梯，就能通往二楼的店面。不过这扇门也关着，两扇门上分别有两把锁，四把锁都锁紧了。"

"嗯……这是一楼所有的门吧？"

"是的，还有玻璃窗，也都锁好了的。"

"剩下就是二楼了。"

"是的。"

"那上去吧，可以吗？"

小枫点头同意，然后我们三个人就起身朝楼梯走去。

沿楼梯上楼，打开二楼入口处的门，店里确实摆放着面向女学生的各种商品。运动衫、大衣、牛仔裤、短裙、围巾、手套、布娃娃、化妆品还有各种首饰，以及附近锦天满宫的参拜纪念品，如手绢、擦手巾、护身符、手账、相册、木制的勺和筷子、茶杯等。

御手洗先生立刻朝墙角突出的鸟居走去。

"这个太有趣了，没被用作帽钩呢，旁边有玻璃窗。这个是？"

"嗯，这个窗户没有变，还是原来的样子。"

"也是，看起来很旧了，完全生锈了。"

"对，我小时候就很旧了，锁也很硬。"

"二楼的窗框是金属的，用的是月牙锁。二楼的窗户都是这样吗？"

御手洗先生环视着店内问道。寺町商业街一侧的墙上也有窗户，两处都是相同形式的金属框窗户，上头附有月牙锁。

"是的，二楼的窗户都是这种形式的锁，又旧又难转，所以店里的人会经常给锁上油。"

"嗯……就这两处窗户？"

"是的，那样就好开些。"

御手洗先生蹲在窗户旁，眼睛靠近窗框和月牙锁仔细观察。

"没有任何缝隙，就连蚕丝都穿不过去。这种锁从外面绝对打不开，也没办法从外面上锁。这里，还有寺町商业街那侧的窗户，在圣诞节早上都锁上了吗？"

"是的，所以谁都进不来。这就叫作密室吗？"

这时，一位中年女性店员从里面回到店里，小枫认识她，行礼打着招呼。

"可是，当时窗户锁上后，是谁确认的呢？你当时还是个孩子吧？真的确认无误了吗？也许是之后渐渐变成了这种说法的……"

"那，那是绝对不可能的。肯定锁好了。"小枫断言道。

"为什么？"

"因为警察确认过了。"

"警察？！"御手洗先生惊讶地说道。

"为什么警察来了？圣诞老人来到封闭的密室中这种事，不会惊动警察吧？"

御手洗先生说完后，小枫突然低下头沉默了。

5

我们再次走下楼,找到空位坐下。我给小枫、御手洗先生还有自己买来咖啡,接着聊起来。

"你发现枕边有圣诞老人的礼物,是在你八岁那年十二月二十五日的早上吧?"

听到御手洗先生的提问后,小枫默默地点头。

"我发现枕边的礼物后,欣喜若狂。我一直想告诉大家,礼物的包装纸上贴着圣诞老人的信……"

"什么样的信?"

"上面写着:非常抱歉之前没有给你礼物。我想着圣诞老人终于到我这里来了,便兴奋地抱着信跳了起来。然后就看到二楼店里的榊美子妈妈,也就是我现在的妈妈,她正落寞地坐在过道的椅子上。毫不知情的我沉浸在收到礼物的兴奋之中,一个劲儿地喊着:'这是圣诞老人给我的,圣诞老人给我的。'"

"第一次收到礼物,所以很开心吧。"

"嗯,是的。高兴得都顾不得想其他事情了。紧接着,美子妈妈说:'小枫,现在跟我去我家吧。'当我问她为什么时,她回答说:'小枫的妈妈不知道去哪里了。'"

"是吗?前一天晚上你睡着的时候,她还在吧?"

"没错，当然了，前一天晚上她睡在一楼。当我问她我妈妈什么时候回来时，她说不知道。"

御手洗先生渐渐露出严肃的表情。

"我问她我爸爸呢？她说也不在，出去了，不知道什么时候回来。"

"你当时以为他们一起出去了吗？"

"不。"小枫立刻轻轻摇头否认。

"因为……因为那时候我爸妈经常吵架，爸爸还经常喝醉了打妈妈。妈妈有好几次都问我：'小枫，跟妈妈一起生活吧，就算没有爸爸也没关系的吧？'我在想会不会走到那一步了。"

"嗯？那就是说你妈妈曾想过离婚？"

"嗯，我觉得是的。"

"但是他们还在一起生活吧？"

"不，那时我爸爸就已经不回家了。"

"那你爸爸有睡觉的地方吗？"

"工厂里有休息室，他好像一直住在那里。在附近喝完酒后，就回到工厂睡觉。"

"工厂在这附近吗？"

"嗯，从这儿步行一分钟就能到。"

"这样啊。"

"我妈把钥匙要了回来，所以我爸进不了家门。好像我妈说她马上就会搬走，让我爸再等等。

"然后，我穿上衣服，跟着美子妈妈一同下楼，看到有好多男人，有的拿着卷尺在地板上测量，有的在敲打窗户上的粉末。"

"是穿制服的人吗？"

"对，有穿制服的警察。看上去煞有介事，当时还是孩子的我觉得肯定是出什么事了，会不会是妈妈失踪了？但是我又觉得她一定不会丢下我不管的，肯定马上就回来了。

"可是美子妈妈硬是用手拽着我，用身体挡着，不让我看见一楼的任何事物。就算问为什么，她也不告诉我。而我正沉浸在收到礼物的喜悦中，完全无暇思考。从家里出来后，美子妈妈遇到熟人，就开始站着聊起来了。我趁机说要给邻居国丸叔叔看一下我的礼物，就跑到那座公寓里，爬上了楼梯。"

小枫透过窗户，指着鸟居另一头连接的建筑。

"国丸叔叔？"

"他是一位和我关系很好的叔叔，以前经常照顾我，是我爸工厂的员工。当我把圣诞老人送的礼物拿给他看时，他高兴得不得了，还说真是太好了。当我走下楼时，美子妈妈来到下面接我，然后马上来到大路上，打了一辆出租车去美子妈妈位于宝池的家。我本以为只是暂住，没想到之后就一直生活在那个家里，再也没有回来过。连姓都改为榊，小学也在附近的宝池小学就读。

"我还纳闷儿呢，为什么我妈妈一直不来见我？我和爸爸也没再见过。美子妈妈将真实情况告诉我时，事情已经过去五年了……"

"真实情况是什么？"御手洗先生毫不顾忌地问道。

"我妈妈，在那个平安夜的晚上，就死在这儿，死在卧室里。"

"你说什么？！"

御手洗先生发出惊讶的声音。

"是的，真是天堂和地狱，那年圣诞那一天，天堂和地狱同时到来。"

"死因是什么？"

"我是上中学之后才知道的。说是被勒死的，被人勒住脖子杀死了。"

听到这里，我们被吓得哑口无言，倒吸一口凉气。

"到底是谁做了那种事……"

"不可能有人进得来！"小枫抬起头，大声说了一句。

"家里所有的门、窗户、玻璃门，都上了锁。螺旋锁也锁紧了，二楼的窗户也上了月牙锁。一楼小巷和寺町商业街一侧的门也都锁上了，每扇门装着两把锁，加起来一共四把锁，没人有钥匙。唯一拿着所有钥匙的只有妈妈一个人。"

"你爸爸的钥匙也被你妈妈收回了吗？"

"是的，我爸爸只有工厂的钥匙。"

"嗯？那你爸爸就不可能进入家里了啊！"

"是的。"

"后来你爸爸就下落不明了吗？"

"不是，那天早上他卧轨自杀了，就在京阪线的始发站。在那之前，他打电话给美子妈妈，也就是我爸爸的姐姐，让她赶在我醒来之前，把我从家里带出来，因为不想让我看见我母亲的尸体。"

"嗯？你爸爸为什么会知道这些？总之，你是在八岁圣诞那天，同时失去了父母双亲？"

"是的。"

"这对于一个八岁的孩子来说，是一个很沉重的负担。"

"我不仅失去了这两个人，还失去了一个很重要的人。"

"是谁？"

"就是住在那栋公寓里的国丸叔叔，他曾是爸爸的手下，也一直很疼我。"

"等一下,那个等会儿再说。也就是说,就算受到了你爸爸的委托,美子妈妈还是在二楼店内的走廊里等你醒来。"

"没错。因为警察很早就来了,他们把妈妈的遗体抬走,放到了太平间。所以也就不用着急了。"

"原来如此,我明白了。不过,为什么警察行动如此迅速呢?"

"因为爸爸的钱包里夹着遗书,还带着写有半井铸件工厂地址的名片,上面还写着我家的地址,所以警察能够迅速来到这里。"

"哦,终于理解了。不过,让人费解的是,你爸爸进不了家门,因为他没有钥匙。其他人也进不来,那到底是谁杀了你妈妈呢?"

"是的,据说在爸爸的尸体上没有找到钥匙,所以谁也……"小枫嘟囔着。

"……杀不了你妈妈。但是,有一个人可以。"

"谁?"我问道。

"圣诞老人。"御手洗先生回答。

"因为他能进来,还给小枫的枕边放了礼物。只有他能进入楼下小枫妈妈的卧室,并且将她勒死。"

"这不可能。一位给我送礼物,这样温柔的人,不可能杀害妈妈。"

小枫用强硬的口吻说道。

"当然了,我也这样认为。"御手洗先生紧接着说。

然后他沉思片刻,几经思考后又说道:"用螺旋锁紧锁的门,没办法从外面打开。二楼的月牙锁也一样,锁紧的半月卡槽,根本没有办法从外面转开。无论用针、线,还是铁丝都不行。我刚才仔细观察了，二楼窗户的月牙锁附近根本没有缝隙，不管多细的线都不可能从室外穿透到室内。那么，小枫，警察是怎么进入家里的？"

"听说他们在那扇玻璃门的螺旋锁附近切下一块儿玻璃，然后把手伸进去将螺旋锁转开了。"

"原来如此。于是他们就发现了一楼卧室里你母亲的遗体，但是没有叫醒在二楼睡觉的你。那是因为美子妈妈赶来后，阻止了警察吗？"

"是的，没错。"

"嗯……"

"美子妈妈说她轻轻地打开门，确认我还在睡觉。"

"我再确认一下，当时圣诞老人的礼物已经放在你枕边了吗？"

"听说是的。"

"你父亲在京阪线的始发站卧轨自杀了，身上还带着遗书？"

"是的，没错。"

"遗书上写的是什么？"

"只潦草地写了简短的几句话。上面写着：我和我老婆都是被国丸信二杀害的，我恨他……"

"国丸信二？就是你刚才提到的那个人吧，住在对面公寓里的人？"

"是的。所以警察在家里搜集了指纹，经过比对，发现跟国丸叔叔的指纹一致。"

"原来如此。"御手洗先生将双手抱在胸前。

"所以人是他杀的吗？"

"是的。"

"可是他到底是怎么进去的呢？"

"的确，国丸叔叔没有这座房子的钥匙。"

"杀了人还到处留下指纹吗？"

"是啊，太奇怪了。"

"他有杀人动机吗？"

"完全没有。"

"可是他被捕了？"

"被拘留了，现在还在审判当中。"

"嗯？现在还在审？！"我惊讶地问道。

"这可是十一年前的案件啊。"

"我这个女儿都长这么大了，现在还在二审当中。"

"他坦白了吗？"御手洗先生问。

"没，还没有。只不过……"

"只不过什么？"

"国丸叔叔好像喜欢我妈妈。"

"喜欢你妈妈？"

"是的，我妈妈好像也喜欢国丸叔叔。她曾经跟我提过一次，说她想跟国丸叔叔一起生活。我爸爸酗酒成瘾，还经常打我妈妈，所以她已经受够了。也因此，我爸爸会怨恨国丸叔叔。"

"所以呢？"

"所以听说警方很讨厌国丸叔叔。"

"嗯？这没有关系吧？问题是他到底有没有杀人。"我如是说道。

"嗯，不过以前有种罪名叫通奸罪，与别人的妻子做了不该做的事会被逮捕，应该是这种罪名的遗留影响。警察和检察官会受到个人感情的影响，再加之国丸叔叔长相还很帅气。"

"这算什么？嫉妒吗？"

"通奸罪是二战前的事情了吧。可是这次是既没有坦白，又没有动机，更没有进入房内的办法，这种情况也可以逮捕起诉吗？"御手洗先生说。

"是的。"

"有杀人动机的是你父亲。"

"是的。"

"可是你父亲也同样进不去家里。"

"没错。"

"就连警察也是通过切割玻璃进去的。在警察切割之前，玻璃没有被切割过吧。"

"完全没有。"

"嗯……可是圣诞老人进去了，他是怎么做到的呢？真是不可思议。"御手洗先生说。

6

"御手洗先生,既然都起诉了,那就说明警察和检察官思考过凶手进入房子的方法了是吗?"

"应该是吧。"

"那他们想到的到底是什么方法呢?毕竟用的是螺旋锁和月牙锁,都不是能轻易打开的锁。"

"也没想出什么。这种时候,他们思考的只有一件事。"

"什么事?"

"他们肯定认为窗户是开着的。"

"窗户是开着的?"

"也就是说,家里人在给月牙锁和螺旋锁上锁时,有漏锁的情况。"

"这个绝对没有。"小枫立刻反驳。

"首先,二楼的窗户不是我妈妈负责,而是由看店的阿姨上锁。虽然不值钱,但总归是个店铺,里面摆放着许多商品,收银台还放着钱,所以阿姨回家时肯定会上锁。而且妈妈睡觉前也一定会进行检查。"

"嗯……"御手洗先生点点头。

"我父亲轻生前正处于家业两难的境地,一方面资金短缺,另一方面又面临离婚的困扰。而且父亲喝醉耍酒疯时很吓人，我妈很怕他，所以在这种时期肯定会注意关窗锁门，不会有任何疏忽的。"

"原来如此。"我说。

"检察官应该是不会明白这些事的。"

御手洗先生却笑着说道："虽然他们认为他们的工作是为弱者发声，但他们总是只会说一句话——人类是健忘的动物。"

"啊？"

"他们为什么会这样想呢？因为如果人类不健忘的话，他们编出的剧本就说不通了。"

"可是当事人会承认吗？"

"只要加以威胁就可以了，不让他睡觉的话，基本就会承认的。"

"圣诞老人也是那样想的吗？"我顺嘴问道。

"圣诞老人？"小枫也问。

"如果圣诞老人是某个人，那么这个人也会认为小枫家，也就是半井家，今晚会忘记关窗锁门吧。"

"什么意思？"

"你想啊，如果圣诞老人是一般人的话，那他肯定在某个玩具店买好礼物，做好准备。如果他知道自己进不来的话，那他肯定不会这么做了，因为就算买了也白费。既然准备了，那不就说明他知道自己能进来吗？"

"有道理，确实如此。"

御手洗先生同意这个说法，点点头继续讲。

"如此一来，知道自己能在二十四号平安夜进入半井家的人只有两个。那就是小枫和已经死去的小枫妈妈。"

"那小枫妈妈是圣诞老人？"

"不可能。"小枫断言道。

"我妈妈绝对不可能是圣诞老人。"

"为什么？"御手洗先生问道。

"我根本没有跟妈妈提起过圣诞老人，之前也从来没有收到过礼物。而且我之前一直谎称自己对圣诞老人不感兴趣，妈妈也相信我的话，她跟爸爸一样，都觉得世界上没有圣诞老人。"

"可是……"我刚要开口讲话，却被小枫抢了先。

"还有，我收到的礼物是我真正想要的，而且想要了很久很久，所以我很开心。我从没跟妈妈说过我想要过家家套装，因为我们家的气氛，让我说不出口。如果她给我准备礼物的话，肯定是完全不同的别的东西。这点我是了解的。"

听完小枫讲的话，御手洗先生接着说：

"既然如此，那圣诞老人的线索又没了，剩下的都是进不去家门的人。"

"是的。"小枫说。

"都是进不去家门的人。自那以后，我也一直在思考这个问题，得出的结论跟你一样。按照同样的思路推理，我发现没有人能进去。所以我才开始相信那是真的，圣诞老人真的存在。"

沉默片刻后，我点点头，说："确实是的。"

我被小枫说服了，不论怎么想，都没人能进入房子。唯一能进入房子的母亲也被排除了可能，这样一来说圣诞老人不存在也说不通。

这时，另一个疑问涌上心头。如果圣诞老人是真的，那么勒死小枫母亲的凶手又是谁呢？会不会也是圣诞老人干的呢？

可是不论怎么想，凶手都应该是人类。而像神一样的圣人是不可能杀人的，难道圣诞老人不是人类吗？我的脑海里又浮现了疑惑。

面对这一谜题，我思来想去也没有答案。圣人和杀人犯同时出现，而天使又与恶魔并存，一切假设令我头脑混乱，思维困顿。终于，我停止了思考。

"还有另一种思路。"御手洗先生说，"检察官用的可能是这个思路。"

"什么？"

"可能是你妈妈让国丸先生进入家里的。"

"啊……"我说道，心里想着或许就是这样。

我们三个人走出汉堡店，到锦天满宫参拜，然后在街上闲逛了一会儿。走在路上，小枫说这一带完全变成了市内街道，孩提时期玩耍过的小巷和空地都不见了，唯一不变的就是锦天满宫的院子。以前的店铺也都不见了，曾经最喜欢的粗点心店、什锦烧店和酒铺全都搬走了。然后还笑着说，自家的章鱼烧店也不在了。

小枫在一栋楼前停下了脚步，这幢房子的一层是洋货店，地下是意大利餐厅，二楼可以看到英语口语教室的字样。

小枫说："这里曾是我爸爸工厂的所在地。

"曾经的一切都已荡然无存，当时的工厂是半地下式的，在这附近装着换气扇，用来将地下的热气排到路面上。因为夏天的时候真的非常热。"

"的确，这里离你家很近。"御手洗先生回头望着来时的路说着。

"大约步行一分钟的路程。你父母去世后，家和工厂也都交给了别人吧。"

"说是交给别人，不过我当时还小不太懂，家的房子是租的，工厂也是租的。所以……"

御手洗先生点点头。

"这样啊，不过也是。这附近还有从那时延续至今的店铺吗？"

"那家定食店。"

小枫指着一家陈旧发黑的店铺，立刻回答道。门口挂着写有大吉的旧布帘，看上去已经经营十多年了。

"其他还有吗？"

"没有了。"

"有没有曾经关系好的邻居？"

"国丸先生，还有就是认识的阿姨们。不过他们都不住在这里了。"

"这样啊。"

"我得回去了，不然美子妈妈又要说我了。"

"那好，我们就在这里告别吧。"御手洗先生回答道。

小枫用力地鞠躬告别后，朝河原町站的方向走去。

"估计你也饿了吧，小悟。虽然时间还早，要不要去那家定食店吃晚饭？"御手洗先生说。

我们把写有大吉的门帘朝两侧掀开，进入店内，看到的不是我熟悉的学生街定食店，而是像鳗鱼床一样的细长构造。长长的吧台后面是榻榻米地面，上面放着小桌子和坐垫，并用一排隔扇隔开了。

店里可容纳很多客人，但是可能因为时间尚早，店里空无一人。墙壁、窗框、室内的装饰，所有设施都陈旧发黑，让人仿佛置身古董店内一般。我想象着，这里曾经也可能是以美酒佳肴著称的高雅餐厅。

"欢迎光临。"吧台里传来一位男士的声音，细看是位年逾耄耋的老人。无论是老人还是店铺，都透露着岁月的痕迹，或许正因如此，才只好改成低价定食店了吧。柜台内墙壁上挂着鲷鱼装饰，架子上摆放着很大的达摩不倒翁，它们也都发旧变黑了。

老人对我们说："今天店里进了好吃的喉黑鱼。"

御手洗先生在吧台席坐下，朝店里挂着的小黑板看去，上面写着今日推荐套餐和单品等内容。

"那我就来那个定食吧。"御手洗先生说。

因为懒得思考了，所以我也说："我也一样。"

老人嘴里答应着，手上开始准备料理。虽然看上去年纪大了，但好像听力很好，并没有反问我们来确认下单内容。

"我还要一小瓶啤酒。"御手洗先生说着，然后扭头看向我。

"你是未成年吧？"他像是在找借口般地向我确认。

紧接着，他把端上来的啤酒倒入玻璃酒杯，畅快而津津有味地一饮而尽。

"小枫家那个案件，真是不可思议。"我向一旁的御手洗先生倾诉自己的想法，"圣诞老人和杀人犯都进入了她的家里，而且房子本身完全是个密室，是这样的吧。明明不可能有人进得去。"

"是的，月牙锁和螺旋锁都被锁好了，可天使和恶魔却同时入侵了这个密室。在圣诞节那天，天堂和地狱的同时来临彻底改变了那孩子的人生。"

"至少应该是其中之一……如果只有天使就好了。"

于是，御手洗先生略带微笑地说："的确如此，不过这正是一个线索。"

"线索？"

"嗯，而且很宝贵。"

"为什么呢？"

"也就是说，有方法可以进入那座房子。想进入房子的有两个人，因为他们发现了那个方法，所以都进去了。"

"嗯？"

"喜剧随处可藏，尤其是在极度悲剧处。"

"喜剧？"

"天使与恶魔的拥堵时刻。"

"你是说是有方法的……"

我不禁小声嘟囔道。

"是的，这种拥堵是在告诉我，这种方法是实际存在的。"

因为不理解御手洗先生的意思，所以我陷入了思考。

"御手洗先生您知道凶手到底是如何进入那重重上锁的房子的吗？"

御手洗先生摇摇头说："不知道。"

"人体肉身的话，不可能吧。"

"钥匙只有她母亲拿着，她父亲或者附近邻居都没有钥匙。如果这些证言都是真的，那想进入房子就太难了。"

"那就是真的有圣诞老人来过，你也同意小枫的看法吗？"

"那个鸟居旁章鱼烧店半井先生家的女儿小枫，有没有来过这里？"

御手洗先生没有回答我的疑问，而是向柜台内的老人询问。

"来过。"老人凝望着手头的东西，头也不抬地立刻回答道。他像是一直在听我们讲话，而御手洗先生应该也感受到了，所以才这样提问的吧。

"我还记得呢，大概是在幼儿园的时候吧，她跟她母亲一起来过好多次。她母亲后来被杀害了。"

"那她父亲呢？"

"她父亲也来过，经常一个人来喝酒。他爱喝酒，所以工作结束后，就在这儿配着下酒菜喝酒。"

"半井铸件的工厂经营状况不太好吧。方才我们跟小枫在一起，详细听说了情况。"

"还借了大量外债。"老人说道。

"说是自杀，在京阪线的始发站卧轨了？"

"是的。"

"在小枫八岁那年的平安夜，半井先生的夫人，也就是小枫的母亲被杀了。在鸟居穿入屋内的房子里，形成了一个彻底的密室。是吧？"

"是的呢。"

"对于住在附近的邻居来说，这也是个不可思议的案件吧？"

"那当然了。"老人说着抬起了头。

"事情已经过去十一年了，密室的谜团还没有解开吗？"

"谁也不知道是怎么回事。"

"到底是谁，又是怎样进入家里将人杀害的，这个镇上没人能解释吗？"

"没人能解释。现在仍然是个谜团，很深奥的谜团。"

一段沉默后，老人又接着讲道："你们知道吧，京都是个古老的城市。东京是填海造田的新城，而这里是千年古城。所以会有些可怕的地方，这里会不会有怨灵横行呢？会不会有些高深莫测之处是我们这些从东京漂泊至此的人不知道的呢？"

"嫌疑人被捕了吧。"

"嗯，听说是有一名嫌疑犯。"

"国丸信二，这个人您知道吗？"

"那个年轻人也常来我的店里，很熟的。有时他还会带小枫过来。"

"应该有三十五岁了吧，他看起来像有问题的人吗？"

"我觉得不像……"

"是小枫最亲近和信赖的人吧？"

"是的，他经常陪小枫玩儿，还照顾小枫呢。"

"可他是凶手吗？他经常陪孩子玩耍，却又杀害了孩子的母亲吗？"

"我不清楚。如果警察说是的话，那应该就是吧。不管什么人，都有鬼使神差突发恶意的时候。"

"国丸先生跟小枫的母亲关系很近吗？"

"有人在背后说坏话，说他俩有一腿，可我不相信。"

"有人说她父亲酒后闹事打老婆。"

"我虽然没有亲眼见过，但是那时候这种传言很多。"

"很多吗？"

"嗯，那时候挺多的。您久等了。"

老人越过吧台将装有喉黑鱼的盘子递了过来，是御手洗先生和我点的餐。我们伸出双手接过盘子放在面前，还有米饭和汤。

我们安静下来开始吃饭。当我们不说话时，老人也变得沉默不语。他肯定在日常生活中就严于律己，不讲邻居的坏话。

"即使是发生了杀人事件，您都没有感到惊讶吗？就发生在鸟居旁的那户人家。半井铸件经营不善，世态炎凉到如此地步吗？"御手洗先生边吃边问。

"不是的，不是那样的。我当然也很惊讶。"老人立刻回答了他。

"这一带曾因这件事闹得天翻地覆,轰动一时。虽说整个镇上也会闹些风波,可杀人事件完全是另一回事。"

御手洗先生一边咀嚼着食物,一边点着头。

"半井家夫人被杀案发生时,正值东京奥运会时期吧。"

"这该是那一年,昭和三十九年(一九六四年),我身体还很硬朗。"

"您是说在战后混乱到东京奥运会之间的年代,城里发生了很多黑暗的事件吗?"

"不,我说的不是那个。"不知为何,老人马上摇头否定了。

"案件发生的那年,也就是昭和三十九年,不知为什么,那年城里发生了很多黑暗的事件。那真令人心烦。"

"只有那一年吗?都发生了哪些纷争?"

"夫妻吵架的情况特别多,多得有些莫名其妙。到处听说夫妻吵架了,也不知是何缘由。"

"有特别严重的吗?"

"有,也有严重的。有把老婆从楼梯上推下去摔骨折的,还有夫妻二人来我这里大吵大闹。"

"是哪家的夫妻?"

"是鸟居插进房子里的那家,不是半井家,而是另一头叫作松坂庄的那家。住在二楼姓有马的一对夫妻,他们因为没孩子而吵架。"

"哦。"

"说是夫妻二人都夜不能寐,半夜经常醒来,还说每天都头痛。详细的记不太清了,反正就是经常说些这样的事情,一直吵架。"

"妻子说有天早上起来,发现佛坛上供奉的父母牌位背朝外了。说这都怪丈夫没出息,整天就知道抱怨,连房子都买不起,到头来还打她,所以父母显灵厌弃了。她让巫师给算,巫师也说确实是祖先对你们夫妻二人生气了。

"妻子回来把原话告诉了丈夫,结果丈夫暴怒说:'谁让你去找那招摇撞骗的巫师的?'于是两人扭打起来,开始大吵大闹。我还去拦架了,真是给人添麻烦。不过还好是没客人的时间段。"

"牌位背朝外?"御手洗先生追问道。

"是的,据说是那样的。然后他就神经衰弱了。"

御手洗先生皱起眉头,露出可怕的表情。

"每晚都那样吗?"

"好像不是每晚,只不过说是有过这种情况。发生这种事情的晚上,好像是被什么不干净的东西附身了,彻夜难眠,隔几个小时就醒一次。还做噩梦,看见不干净的东西,头痛,感觉身体不舒服。"

"真是太奇怪了。还有其他类似情况吗?"

"还有很多呢。像头痛、胃部作呕、耳鸣、失眠、能看到亡灵之类的。果然京都是个可怕的城市……"

"我说的不是那个意思,我是说早上起来牌位转过去的事情。"

"这就不太清楚了。放置佛坛的家里,没有类似的事情了吧……不,不,还有。我还听说有一家,早上起来发现祖先的牌位转过去了。说是自己被祖先厌弃了,被讨厌了。这事还引起了很大骚动。"

御手洗先生听到这里,不由得将双手交叉放在了胸前。

"那对夫妻最后没事了,可在这里吵架的那对夫妻,最后搬走了。"

"搬走了呀。"我惊讶地说道。

"而且情况还很严重,丈夫名叫努,被送进了精神科。"

"精神科?"

"嗯,去医院看病。说是他在这一带的路上,看见亡灵了。"

"啊?"

胆小怕鬼的我被惊呆了。

"说是看见了武士穿着满是血迹的铠甲,还看见身上连肉都不剩的骷髅在路上游荡。"

我被吓得瞠目结舌。

"还说是因为在公寓走廊里看见了什么,所以才搬走了。他们是在案件发生之后才搬走的,不知道他们现在怎样了,希望他们夫妻关系还好。"

沉默了好一阵子,终于老人开始继续讲。

"还有一对夫妻也搬走了……不过我当时想,半井先生的妻子被杀,是不是这种骚动导致的结果。"

"骚动导致的结果?"

"是的,恶灵骚动导致的结果。终于发生了杀人案件。这座锦天满宫的町内会①整体变得异常,不仅是有马先生,好像所有居民都被恶灵附身了一般,个个身形消瘦、面色惨白,所以才最终发展成杀人案件。我至今仍然相信,该发生的终究会发生。京都就是这样一座可怕的城市。"

"整座城都遭人嫉恨,有什么原因吗?"我问道。

"这个我就不清楚了。不过,附近不是有明智光秀的本能寺

---

①城市内的居民自治组织。

吗，这里是千年古城，所以栖息着大量的怨灵，遍布各个角落。他们不时会出来作恶的。"

"整座城都是？"

"对，整座城都是。你看见那个鸟居了吧？那是会遭天谴的。人是万万不可以做那种事的，就因为那样做，他们才遭到报应，最终酿成了大祸。"

"嗯。"

听着老人讲的话，我似乎被说服了，深深地点着头，感叹世上原来还有这种事。

"而且还有证据。"

老人讲得起劲，将身子探了出来。

"半井澄子被杀的案件发生后，第二天，奇怪的事情突然都消失了。"

"消失了？"一直静静思考的御手洗先生发出了惊讶的声音。

"是的，突然就消失了。真吓人。头痛、半夜醒来、耳鸣、看见亡灵等等这些情况都没有了，突然之间都消失了。"

"哦。"

"就像附体魂灵退去了一样，也听不见夫妻吵架的声音了，所以那肯定是遭报应了，在平安夜达到了高潮，之后附体魂灵退去了，或许是因为做了活祭。"

"死了两个人呢。"御手洗先生接着说道。

"你们说的活祭是指半井夫妇吗？"我问道。

"是的，第二天就突然安静了。太可怕了，京都这个地方果然是魔界城市。我也是自此才得以知晓。"老人脸色惨白地说着。

"你也发生什么事了吗？"御手洗先生问道。

"我？我吗？怎么了？"

"城里的所有人都被恶灵附身,有的变奇怪,有的睡不着。那时你……"

"我没事。没跟老婆吵架,晚上没失眠,头也没痛。"

"嗯……"御手洗先生感叹道。

"肯定是因为我是外人,不是本地人的缘故,所以才没有遭诅咒。"

老人一脸认真地说着。

7

次日，我与御手洗先生在进进堂相见。他看到我后，张口就问："小枫怎么样了？"

我回答说："之前在预科学校见过她，看上去挺好的。"

"她说她原本想念法律系。"

"法律系？"

"是的，她说将来想当一名法律专家。至于为什么呢？具体原因我也不清楚。"

御手洗先生紧接着问："会不会是因为国丸信二先生？"

"她想去救国丸先生，因为她无法相信是国丸先生杀害了她的母亲。可因为有供词，所以国丸先生被起诉了。"

"嗯？不是说没有招供吗？"

"那只是她自己的理解而已，实际上国丸先生已经招供，至少是处于可起诉的状态。只不过后来在法庭上又翻供，说他没有杀人。"

"你是怎么知道的？"

"国丸先生的辩护律师是京大法律系毕业的，我通过老师介绍，见到了那位律师。他给我看了公审笔录，并对案件进行了详细说明。我想去看守所见一下当事人，因为定罪后就见不到了。"

"国丸先生是怎么翻供的？"

"法官用检察官的判断，对当事人进行提问。问他当时在勒住半井澄子的脖子时，有没有心怀杀意？他回答说：'没有，当时自己并未带有杀意。'因此又变成了没有杀人。"

"嗯……御手洗先生，你解开小枫家的密室之谜了吗？弄清当时凶手和圣诞老人是怎样进入半井家了吗？"

御手洗先生摇摇头说："还没有。"

"原来还有御手洗先生解不开的谜团，那我就放心了。"

接着，御手洗先生苦笑道："感觉是可以解开的谜团，但是还需要一点点提示。不知道小枫有没有放弃法律专业。"

"她好像已经放弃学法律了，因为她觉得自己不适合这个专业。法律和六法全书都学不好，对这个专业提不起兴趣。"

"是吗？那太遗憾了。"

"她后来还是决定要学护理专业，所以你看，我今天带了这个过来。"

我把一本名为《猴子的战争》的图画书放到御手洗先生面前的咖啡杯旁。

"猴子的战争？"御手洗先生说着便拿起这本书，微微一笑，"这个吗？"

"我预科学校的老师是一位乡土史学家，他对京都的古代历史感兴趣，正在做相关调查。他告诉我有这样一本书，所以我刚才去图书馆找到这本书并借了过来。"

"看起来挺有趣的，可是这跟小枫有什么关系吗？"

"有很大关系。"

御手洗先生翻开第一页，上面画着漫画风格的图，描绘的是一群猴子穿着盔甲，拿着弓箭，正在与携黑云而来的妖魔对战。

"最开始是平安时代，描绘的是平安时代猴子的战争，然后是镰仓时代，接着是战国时代、江户时代，最后是现代。"

御手洗先生问道："以前战争如此频繁吗？"

"是的，这些妖魔鬼怪从鬼门的方向来到这里，给京都的街道带来了灾难。包括无法治愈的疫病、类似精神病的疑难杂症、天花、伤寒，还有雷击、狂风暴雨、大地震等各种天灾地祸。"

"猴子在与它们战斗吗？"

"是的，以前的人相信这种说法。于是，人们在都城中心御所往东北的方向，也就是在鬼门所在的方向上画了一条线。因为给都城带来灾难的妖魔鬼怪们经常降身此线，所以人们在这条线上有间隔地摆上了猴子士兵的驻扎营地。"

"猴子部队的前线营地？"

"没错，那就是幸神社、日吉大社和赤山禅院。"

"赤山禅院？"

"对，就在睿山电铁的修学院站。"

"我听说过。"

"车站与榊先生家所在的宝池站相邻，这座赤山禅院里有猴子部队的总司令官，是其中最强大的猴子。"

"你说的是这本图画书中的故事吧？"

"嗯，是的。不知道司令官猴子实际在哪里。"

"嗯。"

"它们都戴着系绳的铃铛，在这个护身符的保佑下，勇敢地与妖魔鬼怪做斗争。正是因为有了这条猴线上勇敢的猴子战士，京都这座城市才得以历经千年而不衰。"

"这真是太难得了，可人类当时在干什么呢？"

"人类在歌唱和祈祷吧。"

"哦，这样啊。"

我用手指着第一页说："平安时代的妖魔是很厉害的，他们能掀起狂风暴雨，摇动整个京都。就像画中描述的那样，房屋全都倒塌，罗生门都被吹飞了这么远。"

"确实，太厉害了。"

"据说这时天空中出现了一个黑云旋涡，把猴子士兵们卷起并吞没了，最终数千猴兵命丧黄泉。而勇敢的猴子们没有怯弱，它们勇敢地参与战斗，最终将敌人击退了。"

"这些我以前都不知道，今后可不敢怠慢冈崎的动物园了。"

"是的。不过这些猴子有个独特的爱好，它们都喜欢钟摆。"

"喜欢钟摆？"

"对，尤其是赤山禅院的猴子，它们每只都还戴着这种系绳的护身符铃铛。"

我翻了一页，给他看那幅画。

"嗯，真的是呢。"

"它们就喜欢摇晃钟摆。"

"嗯……"

"特别是小猴子，它们特别喜欢摇钟摆，在山上或街上，只要看到带绳悬挂着的东西，就一定不会放过。"

"嗯。"

"说是它们就有这种癖好，只要在大街上见到这种东西，不管是吊着的柿子，还是挂着的风铃，只要看到了就一定会走到跟前，用手摸摸并且摇一摇的。"

"嗯……"

"您请接着看现代篇，上面写着住在赤山禅院的猴子战士的孩子来到山下，进入了宝池站旁的咖啡店，晃动了挂钟的钟摆。"

"什么，它们来咖啡店了？"御手洗先生惊讶地说道。

"没错。"

"真是稀奇，不来喝茶，居然是来晃动钟摆的？"

"是的。"

"它们来晃，意思就是说那家店里挂钟的钟摆原先是静止的？"

"这上面有画。"

我用手指着画，上面描绘的是小猴子往墙上挂钟的表盘里依次伸手，并用力摇晃钟摆的样子。

"那家咖啡店的墙上挂满了钟表，可因为都是古董，所以都坏了不能动，里面的钟摆也都成了装饰品。赤山禅院的猴子们下山后，半夜跑进店里拨动了这些钟摆。"

"啊？"御手洗先生笑着说。

"这真是田园诗歌般的故事。猴子们从山上下来，只为晃动这些钟摆！"

"小猴子只要见到钟摆，就必须要晃动它才肯罢休。"

"真好！"御手洗先生高兴地说道。

"不过，要只是晃动了钟摆，也就于人类无害吧。"

"话虽如此，可总归有些吓人。当时店里的人并不明白其中缘由，以为是半夜钟摆自己晃起来的。"

"这样讲确实是吓人。"

"所以当时店里的人就像这样，绞尽脑汁而不得解。"

我翻开画有当时场景的那一页给他看。

"所以这家咖啡店才叫'猿时计'。"

"哦，原来如此。"

"而这个猿时计咖啡店就是小枫的家。"

"嗯？是吗？"

御手洗先生竟然也感到惊讶。

"咖啡店是由小枫的妈妈经营的，小枫说她也常会去帮忙。这本图画书后面有作者写的后记，里面描述了作者画这本书的动机。"

我把书的最后一页，也就是只有文字而没有任何图画的那一页翻开了。

"您瞧，作者在这里写了这样一段话。我是土生土长的京都人，不知不觉已经在这里度过了六十多个年华，我时常会感叹生在京城之都真好。比如在这种时候，我听人讲了这样有趣的事情……要接着读吗？"

"嗯。"御手洗先生点头。

在京都的东北方向，也就是在鬼门的方位，有一家名为"猿时计"的小咖啡馆。我虽然没去过，但是听说那是已故的古董钟表收藏家在自家旁边开的咖啡馆，墙上挂满了古董挂钟，是非常值得一看的精美空间。

这位收藏家是京都大学的优秀毕业生，曾收到代表最高荣誉的银表表彰。并以此为契机，开始了收藏钟表的兴趣。众多古董钟表都是很古老的物件，已经坏掉或失准，现在已经不能用来报时了。可因为这些是汇集古今中外的名品，所以依然将它们安静地挂在墙上，仍见昔日威风。

悬挂在表盘下的钟摆，犹如千年古都一般，已经停止了动作，纵使历经万世也依旧岿然不动。从父亲手里继承了这些名表的店主也这样认为。可是，有天晚上令人惊讶的事情发生了，钟摆突然自己晃了起来，表针转动开始显示时间了。

经客人指点，店主用钥匙打开了挂钟正面的门，赶紧让钟摆停止了摆动。次日开店时，店主发现钟摆又动了起来。于是她再次把钟摆弄停，可到了晚上又动了起来。情况吓人，差点让人精神失常。

不管手动弄停多少次，钟摆总是又开始摆动，曾经停止的钟表也会重新开始转动。可是钟表正面的门上了锁，不论是猴子还是人，都无法伸手进去。这件事一时成了怪谈。终于有一天，整面墙上的挂钟都开始动了起来。女店主百思不得其解，她在想：难道店里被诅咒了？是不是应该请人来驱灾呢？以前亲人曾经被卷入刑事案件，这样想来也不无可能。

就这样，有一天，正在读初中一年级的女儿说了这样一番话："是半夜里有小猴子进入店里，挨个儿晃动了钟摆。"

于是，他们将店名改成了"猿时计"，也许是住在附近赤山禅院的猴子们对此很满意，自此之后钟摆再也没晃过。

因为故事听起来很有趣，所以我每逢晚酌都会想起这件事来。不知何时，这件事已经被制作成了图画书。

我朗读完抬头朝御手洗先生看去，发现他一脸认真。

"难道这个初中一年级的孩子是……"

"没错，就是小枫。"

"果然如此。不过，你曾经听小枫自己讲过这件事吗？"

"是很久以前的事情了，我记得她讲过。不过她自己却不太记得曾经说过那些话。"

"说过这话的当事人却不记得了？"

"是的，她说没印象了。"

"给我看一下。"

御手洗先生说着就把图画书拿走，念出作者的名字。

"日暮修太……嗯……不认识。"

"好像是活跃在京都一带，你对这事儿怎么看？"我问道。

御手洗先生回答道："如果这个故事是真的的话，那就有意思了。"

"如果是真的？"

"嗯，这个人说他是听别人讲的，可是又不像是直接从店主或者小枫那里听来的。"

"真的呢，他说自己从没去过店里，不过这个故事很有趣。"

"作为图画书来说的确有趣，不过这也太不可思议了。作者喜欢喝酒，这都是他幻想出来的吧。"

"是喝醉后的幻想吗？"

"没有经过确认，不能轻易断言……不过，暂且称他为幻想浪漫主义作家吧。"御手洗先生如是说道。

"小枫说她今天一直待在猿时计咖啡店学习，我们要不要现在过去看看？"我提议道。

"好啊，走吧！"

御手洗先生爽快地同意后，便起身准备出发。

8

  我们乘坐睿山电铁，在宝池站下车。这里是个很小的无人车站，朝白川路方向走去，马上就可以看见猿时计咖啡馆。推开厚重的木门，店里不见顾客的身影，小枫正坐在跟前的窗户旁学习。她看到御手洗先生和我后微微一笑，然后连忙鞠躬打招呼。因为已经提前告诉过小枫说我和御手洗先生可能会来，所以她并不吃惊。

  我们在小枫面前坐下，小枫合上书本，将它们摞在一起。这时，一个看上去像是小枫母亲的人端水过来，小枫连忙为我们做了简单介绍。

  她的母亲微笑着向我们点头致意，我们也以同样的方式回应。随后，我们点了两杯咖啡。

  "你知道这本图画书吗？"

  待她母亲走开后，我掏出《猴子的战争》这本图画书，把它放在了小枫的面前。御手洗先生惊讶地看着满墙的挂钟，在听到我说的话后，他的视线又回到了图画书上。

  "哦，这个呀。"她说着便将书拿在了手里。

  "你知道它？"我问道。

  "只听说过名字，今天是第一次看见。"她一边说着，一边饶有兴致地翻开图画书。

接着她又说:"小猴子真可爱。"

我一直等着她看到后半部分,终于在她看到时,我说:"书里出现了这家店,你看,墙上挂满了挂钟对吧?"

"真的耶。"小枫感叹道。

但她脸上露出的笑容不一会儿便消失了,大概是在担心书中描述的内容吧。她入神地读着书中内容,随后大声说道:"这里不对,书里写错了。"

我紧接着问道:"哪里不对?"

"是说钟摆都动了吧?"御手洗先生看着满墙的挂钟说道,"猴子并没有晃动所有的钟摆。"

小枫点点头,说:"是的,不是所有钟表。"

御手洗先生用手指着说:"晃动的只是那座挂钟吧。"

"没错,你是怎么知道的?"

"用金属丝固定的只有那一座。"御手洗先生回答道。

我翻开作者后记那一页,说:"卷尾写着作者画这本书的动机。"

于是,小枫开始认真读起来,读完后又说:"这个也不对!"

看到刚巧端咖啡过来的母亲,她问道:"妈妈,这个店名不是因为钟摆晃了才取名叫'猿时计'的吧?"

"嗯?你在说什么?"她母亲一边说话,一边将咖啡杯放到我们面前。小枫将书递过去,她看着作者所写的后记。

"不是的,猿时计这个名字是最开始就有的,从我们继承这家店之前就叫这个名字。"

御手洗先生问:"是京大毕业的银手表高才生老板起的名字吧?"

"对，没错。"

"这个名字来源于赤山禅院中猴子的传说吧？"

"我听说是这样的，不过不是亲耳所闻。"

"这家店是您嫁过来之后才开的吗？"

"不是，我来的时候已经有了。当时由我丈夫的父母二人经营，没听说之前有起过别的店名。"

"也没有出现过墙上所有挂钟的钟摆都摆动的情况吧。"小枫问道。

"没有，动的只有一座。"她母亲回答道。

我说："那这个作者真是写得很随便。"

她母亲也同意道："确实是。"

小枫接着说："要是他直接过来问就好了，明明同样是在京都，又不是很远。"

御手洗先生笑着说："作者应该是觉得问了就没意思了吧。"

"没意思了？"

"因为如果作者了解了事实，他就写不出编造的故事了，他在有意识地夸大事实。一般的纪实小说大体都是这样的。"

御手洗先生喝了咖啡，说很好喝，小枫母亲说了声谢谢。随后，我也端起了咖啡杯。

"如果有人说不对，他就可以说这只是道听途说的。可倘若他直接来问了，那这招就不能用了。"

御手洗先生朝小枫母亲的方向看去，继续问道："小枫上初一的时候，有没有说过小猴子半夜进入店里，摇动了钟摆这件事？"

"那个确实有说过。"小枫母亲说着便在小枫旁边坐了下来。

"嗯？真的吗？"小枫惊讶地反问道。

"真的，你说过的。而且当时一脸认真。"

我接着问："你不记得了？"

"不记得，完全不记得了。"

"这样啊。"

"我真的那样说过吗？为什么那样说？"

御手洗先生问小枫："那你现在不相信这件事了吗？"

"嗯……不知道。不过，我觉得猴子不可能半夜进来摇动钟摆。因为那座挂钟上了锁，手都伸不进去。"

"当你初一说起猴子的事情时，你不知道挂钟的前门是上锁的吗？"

小枫听到提问后，陷入了思考。

"记不太清了，那时可能不知道吧……"

一旁的母亲很笃定地说："你当时不知道。"

"那时候，我没谈过那件事。我当时还在想，你可能是因为不知道上面有锁，所以才会说那样的话吧。"

"哦。"

小枫好像突然明白了一样，不断点着头。

"况且你也不知道店里发生了什么。当时我听到客人说店里的钟动了，所以我连忙跑回主屋，打开客厅的保险箱，取来了钟表的钥匙串。你去上学了，没有亲眼看见这些情形，也不知道发生了这些事吧。"

"那这样一来，猴子进店的故事就是编造的，因为我以为挂钟上没有锁……嗯？如果是编造的故事，那我可真是个坏孩子。"

我也说："小孩子也不可能半夜起来去查看咖啡店里的情况吧。"

"我撒谎了。"

御手洗先生在一旁帮忙解围，他说："这跟撒谎不一样，应该叫虚实混同。你当时讲这件事的时候，应该是认真的。有种精神状态叫作虚实混同，你当时还是个孩子，在特定条件下，妄想和现实之间的界线容易模糊。"

我接着问："御手洗先生，那就是跟这本图画书的作家一样吧。这本书的作家知道自己写的是虚构的故事，目的是让故事更有趣。而小枫则是无意识的，这是两者的区别。"

御手洗先生继续讲道："肯定是出现了某些导火索，才引发了虚实混同现象。"

"导火索？"

"其中一个就是钟摆。如果现实中没有发生半夜钟摆晃动的情况，那就不会出现虚实混同现象。我认为是这一事实引发了恐慌的心理状态。"

"心理恐慌？"

"对，因为超越了孩子心理容量的极限。"

小枫母亲感慨道："哦……"

小枫问："什么东西超过了极限？"

"就是进入你大脑的各种信息。"

"信息……是指校园生活中规定要做的那些事情吗？"

"也包括那些，还有像搬来这里住应该遵守的规则，生活在赤山禅院的猴子们的生活以及圣诞老人等。这些在小孩子的脑子里都是同等级别的重大信息，没有高低之分，所以才会界限模糊，相互交融。"

"御手洗先生，那么钟摆现象的原因找到了吗？知道它为什么自己动起来了吗？"

当我在提问的时候，店门开了，有客人走进来。于是小枫母亲嘴里说着欢迎光临，起身离开，朝厨房走去。我目送她离开后，再次展开提问。

"御手洗先生，原因找到了吗？"

小枫也说道："嗯……如果您知道的话，请告诉我们吧。一直以来，这对于我还有我们一家来说都是个未解之谜，我很想知道答案。"

"这对御手洗来说，是个简单的问题吗？"

"并不简单，这是个很难的谜题。不过，跟一九六四年的圣诞密室相比，这也不是那么难以破解，不是什么不可破解的谜。"御手洗先生说着便喝了一口咖啡。

"我最喜欢破解谜题了。"小枫说道。

"嗯？是吗？"我问道。

"尤其是那些不明缘由却能在不经意间让世人获得幸福的谜题，它们就像是魔法。"

御手洗先生默默地点着头。

"我喜欢的就是这类谜题，从小时候开始就特别着迷。"

"御手洗先生以前也说过类似的话，"我说道，"他说过，从谜题到解决的方程式，让人类获得幸福。"

"御手洗先生也相信这样的事情吗？"

听到小枫的提问，御手洗先生用力点着头。

"我当然相信了。我之所以喜欢侦探工作，就是因为我坚定地相信这种魔法，而且从未有过一丝怀疑。"

"我也是，所以我才会反复阅读这种书。"小枫从摞着的书本下面掏出一本薄薄的书。

"大提琴手高修？宫泽贤治。"我念出了封面上的文字。

"我思来想去还是想学护理专业，所以就读了这本《大提琴手高修》。"

我接着问:"《大提琴手高修》?护理专业?为什么?"

"因为里面有我喜欢的场景。听到高修弹大提琴,森林里动物们的病就好了。"

"就靠大提琴吗?"我问道。

"嗯。"

"原来如此。"御手洗先生点点头,微笑着说。

"音乐真的可以治病吗?"小枫问。

"这不是空穴来风,这是有依据的。"

"真的吗?"

"这应该是音乐疗法。"

"音乐疗法?"

"是的,也叫显波学、振动疗法。人体的生命磁场产生某种有益的振动,当振动频率达到体内细胞处于健康状态的频率时,这种振动就能将疾病……"

不知为何,御手洗先生突然停顿了,然后"啊"地叫了一声,猛地站了起来。

"振动,生命磁场?"御手洗先生嘟囔着。我仔细一看,发现他瞪大双眼,凝视着空中,接着自言自语道:"钟摆原来是这么回事!像钟摆一样,世间万物中的任何一个个体都有自己固有的频率。比如,在铁棍上悬挂五个振子(钟摆),它们的绳长不同……什么?!"他突然从两侧抱住头,然后突然大声喊道:"对啊,这不都是振动吗!"店内的客人都朝这边看过来。

"天哪!原来是这么回事。"御手洗先生说着便挥舞起了右手。

"太厉害了,神是不会弄错的,这是上天的声音,为什么会产生这种联系呢!"

御手洗先生说着，朝墙上望去。

"啊，太让人意外了。这也太厉害了吧。是谁带我来这里的？就是振动，振动。弦理论。对了，这才是千年古都的怨灵。"

御手洗先生说罢伫立在原地。我们一时无言，只是茫然地看着他。

"我完全没注意到，真是疏忽大意了，这就解释得通了。"

他大声地说完后，双手啪地一拍。店里的客人也都惊讶地看着他。

"难道是……哦，原来如此，是鸟居！"

御手洗先生说着便起身，踉踉跄跄地在店里来回徘徊。随即一个转身，快步朝出口走去。

"没错，是鸟居，就是它。"

听上去像是在自言自语。

"这不是很顺利就解开谜题了嘛！"

接着，御手洗先生又开始抱头思考。然后弯下腰，保持了一段时间，之后又像做体操般伸展身体。

"所有的事情都可以用一个理论进行解释……"

他说完碰了下入口处的门，低头伫立在原地。突然，他推门走了出去。

"御手洗先生！"

我赶紧起身，从店里跑出去追他。

只见御手洗先生在店外的道路上来回徘徊着，当我走到他身旁时，他突然注意到我，冷不防地说了这样一番话。

"小悟，要感谢猴子呀！"

"啊？感谢谁？"

"真想喂它们一百根香蕉，感谢它们晃动了钟摆。多亏了它们，这一切才有了答案。"御手洗先生满面喜悦地说道。

"什么？"

"我要出去一下，你能待在屋里等我吗？我待会儿会给你打电话的。"御手洗的话听起来像是命令。

"等一下，御手洗先生。"

我喊道，御手洗先生沉浸在自己的世界里，完全听不进我说的话。

"请告诉我一件事情。"

"一件事情？别说一件事情，之后我会告诉你所有事情的。"

"一件事情就可以。关于钟摆的，就是振子。它为什么会自己晃起来了？"

"振子？你说振子是？哦……是钟表的钟摆呀。这个原理简直太简单了吧？"御手洗先生的脑子已经完全离开了钟摆。

"简单，为什么？哪里简单？"

"现在没时间，我现在很着急。"御手洗先生说着便朝车站的方向走去。

"到底为什么呀？求您告诉我吧。"我追着他的脚步，紧追不舍地问道。

"什么为什么？"

"钟摆为什么动了？"

"那太简单了。请房东到店里来就懂了。"

"房东？哪里的房东？怎么就能懂了……"

"以后再说，回头讲。"

像是对我的话厌烦了一般，御手洗先生挥着手扭头离开了。

9

当我百思不解地回到店里时，小枫的母亲又坐在了小枫旁边的椅子上。

小枫问我："悟君，御手洗先生怎么了，他不舒服吗？"

小枫的母亲也一脸惊讶地盯着我。

我不知道该怎样跟大家解释他的态度，于是回答道："他这个人时不时就会这样。"

小枫母亲问道："这人是不是有点古怪啊？"

我连忙否认说："不，不是的。不是您想的那样，他人很好的。"

小枫接着问："他是不是说弄清楚了？"

"对，他说所有谜团都解开了。"

"所有的？"小枫母亲惊讶道。

"所有的吗？"小枫也惊讶道。

"包括店里挂钟的钟摆为什么在半夜里自己晃起来了，以及当初东京奥运会那年的平安夜里，圣诞老人和杀人犯是如何进入密不透风的密室的。"

"连这个他都弄清楚了？"面对小枫母亲惊讶的询问，我点点头，"我想是的。"

小枫也点着头说:"真的吗?都已经过去十几年了,连警察都搞不明白呢。"

"他就擅长解决警察和专家解决不了的案件,我想既然他说已经明白了,那就是真的弄清楚了。"

"那在锦天满宫杀害我母亲的人也……"

小枫欲言又止,可能是顾及现在这位母亲的心情吧。

"我可能不想知道。"小枫说。

我问她:"是因为涉及圣诞老人吗?"

"御手洗先生去哪里了?"

"不知道,他说去去就回,让我们在屋里等着。"

"屋里?"

"是的,他说的是公寓。所以我现在不能再慢吞吞的了。"

"也就是说,晃动店里钟摆的不是猴子吗?"小枫问道。

我回答说:"那就不知道了。"

"嗯?为什么?"

"因为他说要感谢猴子。"

"感谢猴子?"

"对啊,他还说要喂猴子一百根香蕉呢。"

小枫听到后笑了。

"他说是因为猴子晃动了挂钟的钟摆,所以一切都弄明白了。那么……"

小枫母亲问道:"他说的一切是指锦天满宫家里的那个案件吗?"

"是的。"

"那晃动钟摆的真的是猴子吗?"小枫指着墙壁问道。

"这个嘛……"我陷入了思考,因为现在的我对答案一无所知。

"应该还有其他原因吧。"

"也是,猴子不可能拨得动钟摆。"小枫的母亲说,"门窗紧闭,猴子不可能进入店里。"

小枫接着说:"就算进来了,手也无法伸进挂钟,更不可能晃动钟摆。"

小枫母亲问:"可是,钟摆到底为什么晃起来了呢?"

"如果把铁丝去掉,现在是不是还会晃?"

"以前你爸爸说过,应该还会晃吧。"

我说:"晃动钟摆的方法具体有哪些呢?"

"首先第一点就是知道钥匙存放地的人……"

"保险箱里的钥匙?"

"其中一个可能性就是有人半夜从保险箱里拿出钥匙,打开挂钟前门晃动钟摆后再关门上锁,把钥匙放回保险箱。"

小枫接着讲:"那根本不可能,如果说有可能的话,也只能是爸爸或者妈妈。因为保险箱的密码只有你们两个人知道。"

小枫母亲解释道:"那种事情,绝不可能是我和你爸爸干的。"

"说来也是,要是这样的话,还有一种可能性。"

"什么可能性?"

"就是把挂钟从墙上摘下来晃动,待钟摆动起来后,再挂回墙上。"

"可是,一个人办不到吧。"

小枫母亲也附和说:"一个人不行,挂钟太重太大了。"

"啊,不行,肯定办不到,"小枫母亲突然想到了什么似的说道,"赫姆勒公司生产的那座挂钟,因为太大了,所以就用钉子钉住了,想摘下来并非易事。"

83

我回应道："原来这样啊。"

小枫问："御手洗先生有那样说吗？"

"不是的，他没这样说过。"

"那他说了什么？"

"他当时很着急，所以没有告诉我钟摆晃动的原因，他只说等把房东叫过来就知道了，所以……"

"把房东叫过来？"

小枫母亲也重复着："房东？"

"为什么要叫房东？"

"房东，说的不是爸爸吧？"

"应该不是吧，他说的肯定是永山先生。"

"永山先生……"我重复着那个名字，听上去有点陌生。

"是这个房子的主人，所以说他是这家店的房东。"小枫母亲解释道。

我顺势问道："你们关系很亲近吗？"

"关系很近的。虽然上一辈人去世后，我们的关系不及从前，但是我们跟他儿子夫妻二人关系还行，每个月照常支付房租。"

"他们会来店里吗？"

"从来不会。因为他们夫妻二人都上班，工作也很忙。"

"一次也没来过吗？"

"曾经来过那么一次吧，再说，这里是古董爱好者和爱好俳句的老人们聚集的地方，他们也会顾及这一点。"

"嗯……"

"现在情况已经不一样了，我倒挺希望他们过来的。"

小枫接着刚才的话说："可是，永山先生来了就能弄明白吗？这到底是怎么回事？把我都说糊涂了。"

我问:"永山先生从事什么样的工作?是关于钟表的技术人员,还是机械技师?"

"都不是,他的工作跟钟表没关系,他好像在制药公司上班,后来听本人说是办公室的文员。"

"那最初开这家店的是……"

"不是永山先生夫妇。最初是永山先生的母亲在这里经营一家定食店,不过已经是很久以前的事情了。他母亲的娘家是经营旅馆的,做得一手好菜,所以就在这里开了一家京都料理定食店。后来,他母亲去世后,一时找不到租户,而我公公也正愁收集的钟表无处摆放,就想着租下这里,将收集的古董钟表都装饰到墙上,把这里弄成了钟表放置处兼咖啡馆。出于这个想法,最后租下了这里。"

"原来事情的经过是这样的啊。"

"没错,不过已经是三十年前的事情了。永山先生在他父亲去世后继承了房子,因为他和妻子都要上班,又没有孩子,所以我们很少见面。但是毕竟是邻居,偶尔还是会聊几句的。"

"他人很好吧。"

"是的,人很好,很好相处。"

"那他们现在应该还没下班吧。"

"他夫人在的,她说最近只有上午上班,中午就回来了。那我去叫她过来吧。"小枫说。

"不过,要用什么理由请她来啊?"

"那只有好好解释了。告诉她以前店里的挂钟钟摆自己晃起来过,所以京大的学生过来看了看,他说只要问问邻居就明白为什么了。"小枫说。

"我们这么说怎么样?就说我们这里有好吃的蛋糕,请她来一起喝咖啡或者红茶。今天我买了创意日式蛋糕,是抹茶风味的,还在冰箱里冷藏着,很好吃的。"

"也对,那就这样说。"

小枫轻松地起身开门出去了。虽然咖啡店和永山家是在同一座建筑里,但是店里没有通往永山家的出入口。与整个建筑比起来,墙上的木材很新,或许是店内装修时,将连通的门堵住了。

片刻之后,门上的铃铛响起,小枫回来了,后面跟着一位看起来五十岁左右的女性。她与小枫母亲可能年纪相差无几,可她微笑着频频点头致意,这种爽朗的性格给人一种年轻的印象。

小枫母亲与她站着闲聊片刻后,说现在就去准备,请她坐下后,便朝厨房走去了。

"真不好意思,您还专门请我来吃。"

永山夫人一边说着,一边和小枫并排坐下,还朝我点头寒暄。我也连忙鞠躬还礼。

"哇,好厉害,这收集的挂钟真漂亮。"永山夫人看着墙壁感叹道。

"我以前在杂志上看见过这里的照片,我一直想亲眼看一下,可又没机会来打扰。这么好的收藏,肯定是绝无仅有的,就像钟表博物馆一样。"她笑着说道。

然后,她突然大声地"哎呀"了一声。

我和小枫异口同声地问:"怎么了?"

"那个钟表,跟我家的一模一样。"永山夫人说着便起身朝墙壁走去。

"以前,我老公从旧货店的朋友那里买来的,说是很有价值,便宜转让给我们了,很划算。"

她站在一旁,用手指着赫姆勒公司制造的挂钟,只见其钟摆被铁丝固定住了。

"果然是一样的。他说是保存完好，指针还能动呢。实际上，挂钟确实还在走。"

然后，她站在挂钟前，紧紧地盯着表盘。小枫母亲从厨房迈出一步，看着那座挂钟，一动不动。小枫也出神地凝视着挂钟。

我也一声不吭地默默看着挂钟，心里想着："这个挂钟是那样的吗？"

御手洗先生所说的就是这个吗？可是，这到底有什么关联？我还是不太明白。这就是猿时计咖啡店的钟摆半夜晃动的原因吗？

10

国丸先生牵着小枫的手，从锦天满宫走了出来，他正和小枫玩着词语接龙的游戏。他们一个接一个地说着"棉花糖（wataame）、美利坚面粉（merikenko）、咖啡（kohi）、菱形年糕（hishimochi）、粽子（chimaki）"等词语，小枫和正在做章鱼烧的母亲打过招呼，他们便朝着锦市场商业街走去了。

商业街上，腌菜店等各种店铺鳞次栉比，一条小巷横穿商业街，巷内有家叫作笹屋的粗点心店，经常有很多小孩子光顾，非常热闹。小枫也很喜欢这家店，当她无精打采的时候，只要带她来这里，她的心情立马就变好。

小枫进入店里，找到了她喜欢的吸吸果冻，一把攥在手里。里面有红色、绿色和黄色的果冻，自带塑料吸头，剪开一头就可以吸食，价格为十日元。还有一款做成五日元硬币的样子，用透明纸包装的巧克力，价格为五日元。她还喜欢黄豆粉糖，价格为十日元。

小枫每次都一样，就算进入笹屋也从来不要求买东西。国丸先生不是她的父亲，而是在她父亲公司工作的员工。因为她知道这一点，所以才跟他客气，只是看看商品。如果她拿在手里，就表示是她想要的。于是，国丸先生就把小枫拿着的零食给店里的阿姨看，然后付钱买给她。小枫则怯生生地抬头看着国丸先生，小声地说句谢谢。小枫没有让父母带她来过这里，所以他们不知道小枫在这家店里的举动。

粗点心店里的儿童零食都不是特别贵，比如冰激凌的价格是二十日元。所以国丸先生几乎每天都来笹屋，给小枫买粗点心。他还嘱咐小枫，吃了很多甜食，晚上一定要刷牙啊。小枫也回答好。

小枫的父母每天都很忙，她母亲整天都在锦天满宫参道旁的店里烤章鱼烧，忙着招呼客人；她父亲的铸件工厂经营困难，他整日愁容满面，也无暇顾及孩子。小学离家很近，小枫可以和镇上的孩子们一起，跟着带路的家长一起走到学校，所以小枫的母亲把孩子送出家门后就几乎不管了。因此，国丸先生上午工作结束后，就在午休时去学校接小枫，把她带回锦天满宫的参道，让她母亲看过放心后，再给小枫买中午吃的面包。他同时也买自己的那份，这样两个人就一起吃饭，玩耍着度过午休。这是他每天都会做的事情。

有时，小枫母亲会把自己烤的章鱼烧给女儿当午餐，同时国丸先生也会吃章鱼烧当午餐。

小枫的父亲半井肇经营的半井铸件工厂，以前有五六个员工。后来其中一两个人辞职，如今只剩二十五岁的国丸先生一个员工。以前员工多的时候，大家都会陪着小枫，可如今大家都走了。小枫没有兄弟姐妹，附近的同学里也没什么朋友。

某个工作繁忙的白天，国丸接到社长的命令跑去镇上办事时，突然看到小枫正一个人蹲在柏油路上，用蜡石在石头上画画玩儿。看到小枫孤独的样子，国丸感到胸口如针扎一般地痛心。虽然最近加班变多，要工作到深夜才能忙完，即便如此他还是会在午休和傍晚下班时,从工厂出来,到路上找小枫。就算加班,他也会在五点多出来一次,陪小枫玩儿将近一个小时,然后急匆匆地随便凑合点吃的,接着又返回工厂继续加班。

小枫的家位于锦天满宫参道旁,步行大约一分钟就能到半井铸件工厂。因为参道上没有车辆来往,很安全,所以小枫经常一个人在参道上玩耍。她的母亲经常嘱咐她不要乱跑,一定要在自己的章鱼烧店可以看到的参道附近玩耍。

小枫的生活领域如此狭小,国丸也差不多。因为他的宿舍就在小枫母亲的章鱼烧店对面那幢建筑的二楼,中间只隔着一条狭窄的参道。

大概是一个人太孤单了,每到午休和下午五点工厂的工作结束时,小枫也会来找国丸。有时国丸从工厂出来晚了,看到小枫一个人孤零零地站在外面的路上。这时,国丸就会连忙放下手头的工作,跑到路上去找小枫。他不想让小枫失望,所以就算傍晚有急事,他也会果断拒绝,每天坚持与小枫玩耍,还教她算数。

如果家长有空,这种时候是由家长陪伴的,但是这个八岁孩子的家长很忙,就算是下班时间,小枫除了与国丸相见外,也别无他事。

镇上曾经有位当店员的姑娘想跟国丸说话,可他却总是带着小枫一起,跟那位姑娘在路边聊天,所以渐渐地关系也疏远了,没能进一步发展,他也没交上女朋友。

国丸长相俊朗,很得商业街上姑娘们的喜欢,可是他却只关心小枫母女二人。小枫的母亲澄子身材娇小圆润、大眼睛、长相可爱,很招人喜欢。而且她和蔼可亲、性格开朗,在镇上也很受欢迎。店里生意红火,男人们经常来买章鱼烧,没话找话地跟她聊天。他们还经常说"澄子,做陪酒生意怎么样"。

跟其他工人一样,国丸也曾想过离开工厂,但是看到澄子对自己很好,很依赖自己,而且小枫又那么可爱,所以他就完全没考虑辞职的事情。如果自己不在了,那小枫得多孤单。每每想到这些,国丸的内心就非常难受,所以他决定坚决不辞职。

他认真地思考过,就算工厂倒闭了,自己也可以在附近再找一份工作,为了小枫留在镇上。而实际上,从最近的业绩和社长不负责任的态度上,已经可以看到危险的存在了。虽然他没有想着要等到小枫出嫁,但至少要等她交到好多朋友才行。

笹屋的店里还贴着东京奥运会的海报,应该是忘记揭掉了。

小枫望着海报说:"体操运动员远藤真帅。"

国丸也说:"跑马拉松的圆谷也很好。"

"真让人感动。"

"东京奥运会的会(ku),国丸先生。"

小枫想要玩词语接龙游戏。

国丸先生说:"栗子(kuri)。"

小枫接着说:"松鼠(risu)。"

"西瓜(suika)。"

"南瓜(kabocha)。"

"是瓜(ya)吧,那烤红薯(yakiimo)。"

国丸说完后,感觉有些熟悉。因为如果反复进行词语接龙的话,经常会出现跟以前相同的情况。可是孩子就算一直重复也不会觉得无聊,于是他们继续接龙,国丸意识到这种重复能加强孩子的学习效果。孩子是这样记住单词的,那么自己也必须配合才行。

他们继续着词语接龙,回到了锦天满宫参道上,小枫的母亲澄子看到小枫后也放下心来。国丸在与小枫玩耍时，也尽量在她母亲的视线范围内，让她放心。

词语接龙时，国丸不小心说了"橘子（mikan）"，他输了。说出以"n"结尾的人就算输，出现"n"后，就不能继续接龙了。就算这样，小枫也不会对国丸有任何抱怨。有的孩子看到对方输了，会出难题来惩罚，或者说些让人不高兴的话不断给人施压。小枫不会这样做。就算国丸不小心说了"n"字输了游戏，小枫也不会当回事，只是笑嘻嘻地不多说什么。或许是她不知道还可以惩罚输了的人，而这也是国丸觉得小枫可爱的地方。

锦天满宫是供奉学问之神菅原道真的神社，短短的参道入口处竖着鸟居，而鸟居的两头伸进了左右两侧建筑的墙面里。这座鸟居最初是建在宽阔的土地之上的，就算这是后来城市化的浪潮导致的结果，可这种城市放眼全国也别无二处。国丸想着，这是在讲述着城市发展途中的艰辛吧。

鸟居南头穿过一座两层建筑的二楼墙壁。这座建筑的一楼是章鱼烧店，二楼是一家卖锦天满宫参拜纪念品的特产店。鸟居的黑黑的石头尖端刚好伸进二楼卖场内。这间屋子就是小枫的家。

鸟居北头穿过参道旁的公寓的二楼墙壁。这座公寓的二楼长期以来作为半井铸件工厂的员工宿舍使用，如今只有国丸一位员工，曾经的宿舍也只剩一间房。而鸟居则刚好伸进国丸的房间里。

章鱼烧店的二楼不仅卖土特产，还销售一些年轻人穿的T恤、牛仔裤等服装，以及面向女学生的廉价首饰。最近有很多东京奥运会相关的商品，其中印有柔道运动员海辛克[1]、东洋魔

---

[1] 荷兰柔道选手安东·海辛克（Antonius Johannes Geesink）。

女[1]、体操运动员远藤以及小野脸部照片的咖啡杯都很畅销。

半井肇租下这座房子，用于居住兼店铺，并把店铺交给妻子澄子去经营。夏天，澄子在一楼卖草莓刨冰等冷饮，所以一楼里侧摆放了桌椅供客人使用。二楼卖场的尽头是半井家狭小的客厅，一楼柜台里侧是半井家拥挤的厨房和夫妻二人的卧室。

一楼和二楼店铺的经营不能只靠妻子一人，所以他们请来附近的两位家庭主妇，作为兼职店员帮忙照看二楼店铺。营业时间为早上十点到晚上八点，下午三点进行轮班。

澄子是大阪十三站附近一家章鱼烧店店主的女儿，从小就在店里帮忙，很擅长烤章鱼烧。就像之前讲过的那样，她性格爽朗，人美心善，所以店里生意很红火，给一家人提供了很好的生活保障。

而另一方面，丈夫的铸件工厂的订单日渐减少，外债增加，难以继续正常经营。渐渐地连工人的工资都付不起，不得不解雇员工，即便如此也难以让工厂存活下去。走投无路的半井肇甚至想过通过自杀换取保险金的方式来偿还借款。

半井肇并没有对妻子倾诉内心的苦闷，而每天一起工作的国丸内心大致明白。按照目前的工作量，如果国丸充当社长的左膀右臂加班工作，两个人还能应付过来。国丸虽然这样想，但危机还是悄悄来临了。

连夜饮用廉价酒后，社长终于在家里对妻子动了手，而澄子也对他死心，夫妻二人不再说话，最终导致关系破裂。至少对于澄子而言，两个人继续在一起已经没有意义。

从此，社长开始酗酒，变得自暴自弃，早上也不按时来上班

---

[1]日本国家女子排球队在一九六〇年代称霸女子排球比赛时得到的爱称。

了。后来，他被赶出家门，干脆住在工厂角落的休息室。虽然不再迟到了，可是昨天的酒还没醒，导致他工作中频频出错，明显的偷工减料，产品质量下降，失去顾客的信任，进而订单暴减，陷入了恶性循环。事态严重到国丸已经束手无策的地步。

国丸不断与社长发生正面冲突，虽然他已经厌烦了这个不讲理的社长，但为了澄子和小枫母女二人，就算社长没有头脑，公司前景黯淡，他还是选择留了下来。

澄子也开始思考，只要有小枫在，就算离婚也无所谓。她开始感觉与性格阴沉、年龄差距大的老公合不来，伴随着经营不善的乌云笼罩，他的男性魅力逐渐丧失，这让澄子倍感焦虑。

国丸每天与小枫待在一起，看到孩子过着物质贫乏又缺乏父母关爱的生活，他的怜悯之情油然而生。进入十二月后，东京奥运会的话题渐渐冷却，圣诞节临近，他像往常一样到笹屋给小枫买粗点心，一边走一边用心记下小枫教给自己的各种游戏，然后两人又回到了参道。

小枫不知从哪里学来了这么多游戏，其中有一个叫作"煎饼烤好了吗"。游戏规则是，两个人把手伸出来，掌心朝上，小枫一边唱着"煎饼烤好了吗"，一边用食指在三个手掌上挨个儿画圈，当她唱到"这个烤好了"这句词的时候，食指点到的那个手掌就要翻过去。

然后小枫又重新开始唱，遇到已经翻过去的手掌就跳过，接着点手掌。最后唱歌结束时点到的手掌再翻过去。就这样，手掌朝上留到最后的人就输了。

只不过，这是很多人才能玩的游戏，如果两个人玩的话，只有三只手掌就没意思了。至少国丸这样觉得。

还有一个类似的游戏叫作"转老鬼"，也需要使用双手，两个人玩不够尽兴。小枫似乎明白了国丸的心思，从那以后，她再也没找国丸玩过这个游戏。

紧接着，小枫说要玩过家家的游戏。她从旁边捡起两片枯叶当盘子，再放上三颗掉落的果实，然后递给国丸，说这是馒头。国丸不知道小枫要让自己干什么，小枫也对他没有任何要求。她拿起一个看不见的水壶，假装往一个看不见的茶杯里倒茶，然后对国丸说请喝茶。国丸也很配合，他假装端起茶杯，把茶喝了下去。

可能是因为国丸没有想法，游戏就这样简单地结束了。他想象着如果有更多道具的话，还可以做咖喱米饭、寿司等，这样游戏就能继续了。

紧接着，国丸开始给小枫出算数题。他用蜡石在地上写下算式，有三十加二十五、五加四十五等题目，让小枫作答。小枫说这很有趣，就跟着国丸一直学习。虽然已经教过九九乘法表了，但是小枫从来没有觉得厌烦，反而经常央求国丸给她出题。

国丸心想小枫或许跟自己不同，将来会成为优等生。他计划将来增加位数，给小枫出些"五百日元减去二百八十日元"之类的题目，这样小枫就可以帮母亲算账了。但是他又怕小枫中途感到厌烦，所以一直强忍着出些简单的题目。

国丸边走边出题，他们穿过商业街，看到圣诞老人正站在街边给路人发传单。于是，国丸指着圣诞老人说："啊，是圣诞老人！"

小枫听到后愣住了。

国丸接着问："小枫，你不会不知道圣诞老人吧？"

小枫回答说："我知道！"

"马上就是圣诞老人来的日子了，你想要什么礼物？许愿了吗？"

听到国丸的问题后，小枫轻描淡写地说："圣诞老人不来我家。"

国丸不由得惊讶道："嗯？"

小枫解释道："我家信奉佛教，所以圣诞老人不来。"

国丸感到惊讶，因为他从未听说过这种说法。

"圣诞老人是基督教的，所以他不会给我家送礼物的。"

听到这个解释，国丸更加惊讶了。

在惊讶之余，国丸不想干涉澄子家的内部事务，所以他没再多问。小枫看起来对圣诞老人的礼物也不抱有任何期待。

而事实并非如此。次日，当国丸委婉地聊到这个话题时，小枫说她也曾经瞒着父母，好几次在平安夜把袜子放到枕边，等到第二天早上满心激动地醒来时，却从未看到过礼物，这让她很失望。

国丸一时语塞，神情恍惚，同时感到十分气愤，怎么能允许这样的事情发生？小枫的父母怎么能做这种事？澄子也觉得无所谓吗？

小枫还说，学校的朋友家里都有圣诞老人来过，就连和尚的孩子都收到了礼物。为什么圣诞老人就是不来我家呢？这听上去才是她的真心话，看来她很受伤害。

国丸大感震撼，回到自己的房间，再次回想起小枫的话，不禁独自流下了眼泪。他强烈地想要为小枫做点什么。

他开始思考。小枫的母亲另外开了一间饰品店，二楼摆满了小商品，明明随便拿一个就可以给女儿当礼物了……可他转念一想，又觉得不对。因为小枫偶尔会帮母亲工作，二楼店里放置的商品，她都会记得。如果把店里的东西放到枕边，聪明的小枫一定会立马发现这个计谋的。而且，澄子烤章鱼烧的工作很忙，没有时间去偷偷买礼物。

国丸转念一想又觉得不对劲，如果跟阴郁又急性子的社长说要给孩子送圣诞礼物，那肯定会挨骂。现在他满脑子都是如何帮工厂渡过难关，这是涉及生死存亡的战斗，这种玩乐的事情只会招惹怒气。社长认为孩子应该理解家长的苦衷，圣诞礼物这种事情忍忍也是理所应当的。他就是这种自私的人。国丸想着见到澄子后，偷偷问一下，但是一直没有机会。

国丸每次见到小枫，都会假装不经意地问她最想要什么东西。刚开始小枫有些茫然，后来她怯生生地说商场有卖她想要的女生套装。接着还说"可是套装的价格很贵"。

于是，有一天国丸下班早，他带着小枫去了四条路的高岛屋，问小枫儿童用品区的玻璃柜里哪个是她想要的套装。店里放着"铃儿响叮当"的圣诞音乐，很是热闹。墙上写着"距离平安夜还有十六天，本店也为圣诞老人准备了一点心意，以表谢意"。

顺着小枫指的方向，国丸明白了原来女生套装就是过家家玩具套装。他想象着里面应该有洋裙、鞋子、首饰等，还应该有换装娃娃。

套装很精致，全都是小小的粉色塑料制品。包括电视、收音机、洗衣机、冰箱等家电产品，砧板、菜刀、煤气炉、餐具等厨房用品，还有桌椅、梳妆台等等应有尽有。这些都摆好了装在一个大纸盒里。

依小枫的性格，她肯定会玩得很好、很开心。

国丸若无其事地说了句："嗯，真不错。"然后邀请小枫一起去食堂吃饭。

他希望小枫和自己看到这个商品的瞬间，不会给小枫留下深刻的印象。

11

十二月九日，农历腊月就要来临。距离平安夜，还有两个星期。国丸虽然睡得沉，可最近总觉得睡眠不足，于是他醒来上趟厕所，喝点水后又回到床上准备接着睡。最近连续数周被要求周日加班，昨天半井社长突然宣布今天休息，他自己则去大阪买材料并跟下单顾客进行谈判。

国丸来到窗前，俯视澄子经营的章鱼烧店，今天竟然罕见地没有开门营业。小枫虽然是去学校，但是她非常开心，因为今天老师带大家去郊游，似乎要下午四点才回家。澄子大概也是因此才久违地决定歇店吧。

难得的休息日，国丸想尽可能地让身体休息，懒洋洋地待在被窝里，却怎么也睡不着。于是，他起床叠好被子，穿上衣服，把夹克的拉链提到喉咙处。家里买的切片面包也吃完了，他走在腊月的大街上，想找个地方吃午餐。

附近的咖啡店和餐厅都吃腻了，他想到远一点的地方。在千篇一律的日常生活中，自己的味蕾想要探索未知的味道。

他悠闲地穿过河原町，跨过四条大桥，朝祇园的方向走去。因为今天不是周日，所以路上行人很少。虽然是适合在街上散步的日子，但是工作日在街上闲逛总让人心有不安。长期的上班族生活，让他感到除了公事外出之外，走在人群中就不踏实。就好像自己在翘班或者失业了一般，心中很是不安。

在等红绿灯的时候，他看到对面最前头站着的是澄子。不久后，对方也看到了自己，于是举起手朝这边挥舞着，国丸也举起了右手。

绿灯亮了，澄子连忙从人行道走来，小跑着朝国丸走过来。右手拎着手提包和一个像便当盒的白色小盒子。

澄子走到国丸面前后，用洪亮的声音说："国丸君！"

然后她笑着问："你怎么来这里了？要去哪里吗？"

被问到后，国丸不知如何回答，因为他并没有明确想去的地方。一时语塞的他摇了摇头，因为自己既没有女朋友，又没什么朋友，不会为了什么约会出门，只不过是想出来寻找不一样的食物而已。

"我在想中午该吃点什么。一直在锦天满宫附近吃，都吃腻了，想到这边来看看有没有不一样的食物，于是就闲逛着过来了。"

澄子听到后哈哈大笑起来，说："这样啊，那要不要一起吃乌冬面？我知道一家很好吃，我很喜欢他家的味道。不过乌冬面可能没有太大差别，那里还有亲子饭。男人喜欢吃这种比较实在的饭吧。"

国丸说："是的，我喜欢亲子饭。"

澄子笑着说："那我们走吧。"稍微牵了一下国丸的手，把他吓了一跳。澄子似乎只是下意识地伸出了手，然后转身朝她来时的方向走去，便马上松开了手。这让国丸有些失望。

心情愉悦的澄子说："刚才我还在想吃什么呢，最后只是路过没有进店。你还有其他想吃的吗？"

国丸说："没有了。"

澄子边走边问："国丸君，你觉得很无聊吗？"

这样不走心的回答，确实会给人这种感觉，可问题本身就不好回答。如果要问铸件工厂每天的工作是不是无聊，那答案肯定是无聊。可是出于对小枫的思念以及与澄子相见的期待感，每天过得还算快乐。就像今天一样，两人竟意外地在街角偶遇了。

前几天，广播电视剧里讲过这样的故事。国丸虽然没有要放弃职场搞失踪的想法，但是他对这种一成不变的生活充满了不满。当然，他知道不论哪个职业都会面临同样的问题。

澄子说："国丸君，你每天无聊的心情都写在脸上了。"

国丸下意识地回答："才没有！"

澄子接着追问道："为什么？"

国丸刚才只是随口回答了，并没有深思。面对澄子的追问，他一时语塞，不知该如何作答。

澄子接着问："为什么你不觉得无聊呢，国丸君？"

"为什么这样问？"

"到底为什么呢？你说呀！"

无奈之下，国丸只好如实回答："这样可以见到夫人您！"

她笑着用尖锐的声音说："什么，我？我能让你排遣无聊吗？我自己都觉得每天很无聊。我想做更有趣的工作，每天能跟很多人打交道，大家高高兴兴、热热闹闹的那种。我已经厌倦了每天烤章鱼烧的日子，每天有客人来，站着闲聊两句，已经不能满足我了。我想更大声、更长久地热闹下去。"

国丸听到后笑了起来，因为他不曾有过这种想法。

"你知道我在大阪长大，当初要是成为一个艺人就好了。可偏偏我来到了京都，找了这么个性格阴沉的老公，真是选错路了。我从小就没有为自己的人生做过主，当时觉得是女孩子所以不行。就连结婚对象也是通过相亲认识的。国丸君，你觉得呢？我们夫妻根本就合不来吧。"

这是个很难回答的问题。她的老公是自己的上司，而这个上司并不讨厌澄子。所以，这个问题很难回答。

"我老公虽然招人烦，可我以前就喜欢京都。喜欢那条从八坂神社到三年坂的小路，想着能住在京都就好了，所以就答应了这门亲事。现在看来，这个决定太失败了。"

不知道想到了什么，澄子越说越起劲。

"刚结婚的时候，我就把我的想法告诉我老公了，后来我们经常一起走这条路。我从小一直向往着这条道路，想打扮成艺伎的样子走在这里，可是这个想法一次也没实现过，后来我怀上了小枫，又开了章鱼烧店，根本没机会再去散步了。"

国丸若有所思地点着头，这说法有种似曾相识的感觉。他想起来了，自己的母亲以前也说过类似的话。这样一说，他才意识到澄子很像自己的母亲。

当然了，她们年龄差距很大，国丸记忆中的母亲已经上了年纪，他只记得母亲临死之前老太婆的形象，所以两者很难比较。但是，在母亲年轻时，对于当时那些跟自己现在一样年纪的男子来讲，那感觉可能就跟自己现在看到澄子一样。性格乐观开朗，爱笑又漂亮。在有些人看来，可以称得上是美人吧。

记忆中在哪里看过或者听说过这种说法，男人喜欢像自己母亲的女人。或许真的是这样。国丸意识到，自己被澄子深深地吸引，难以自拔。他知道澄子已为人妻，是不可以喜欢的女人，所以才更受吸引。

更重要的是，在工作中他经常碰到社长，这种感情加剧了他对社长的失望和轻蔑。归根到底,半井社长不适合当一名领导。事情稍有不顺,他就将责任归咎于他人,耍小孩子脾气,动不动就撂挑子不干。国丸至今不曾见过他任何有魅力的言行。

不同于他,澄子很有魅力。她性格开朗、爱说爱笑,风趣幽默,有活跃气氛的天赋。而且她身材娇小圆润,长得跟电视里的女演员一样可爱。胸部圆润,经常穿超短裙,大方展露身材,拥有男人难以招架的性感。

澄子说:"我觉得自己挺适合做艺伎的,我喜欢被人注视的感觉。不过人们往往无法从事最适合自己的工作。"

在澄子的带领下,两人来到小巷里的一家老店。国丸吃了一份亲子盖饭,澄子就像她刚才说的一样,吃了一份乌冬面。

"不知道为什么,我是个喜欢吃乌冬面的女人。比起章鱼烧,我更喜欢乌冬面。一天三顿全吃乌冬面都可以。"澄子说道。

两人从店里走出来,澄子本想朝八坂神社的方向走,但是她自言自语地说:"小枫该回来了。"于是她邀请国丸一起往鸭川方向走去。

两人从四条大桥的桥畔下来,沿着河岸的人行道并排朝北面走去。途中有很多情侣迎面走来,在与他们擦肩而过后,澄子总会扭头去看他们。

澄子说:"我们看起来像恋人吗?国丸君,你多大了?"

"二十五岁。"

"你比我小七岁,我比你大,年龄差太多了吧。国丸君三十岁时,我都三十七了。你四十,我就四十七,都成老太婆了,真伤心。"

澄子说着便笑了。

"以前,在河原这一带,罪人被斩首,做了坏事的女人要在这里示众吧？我是不是也会被示众呢？"

在澄子说话时，一辆宣传车从头顶的车道驶过，像洒水一样地播放着音效很差的"铃儿响叮当"。

国丸马上说："铃儿响叮当……"因为他有一个计划。

澄子接过他的话，说了句："是啊，马上就是圣诞节了。"

紧接着是一阵沉默，国丸在一阵迷茫过后，为了打破沉默，他终于开口说："小枫她……"话到嘴边又犹豫了。他不想伤害任何人，不能直截了当地说小枫期待圣诞老人的到来。

最终，他只是小声嘟囔了句："圣诞老人会给她什么礼物呢？"

澄子突然轻描淡写地说："小枫对圣诞老人不感兴趣。"

面对这突如其来的回答，国丸竟哑口无言，他既惊愕又茫然。不是这样的，不是这样的，这句话在他的内心形成一个旋涡。

"她已经很久没提过圣诞老人了。"

说来也是，知道自己的父母不喜欢这个话题，孩子当然不会主动提及。

"她觉得我们家信奉佛教，基督教的圣诞老人是不会来的。"

以家里信奉佛教为理由，孩子根本不会想到这种说法。如果不是澄子，那就应该是社长教的。他们不知道自己曾经说过这样的话了，他们忘了吗？小枫只不过是把父母教的话原封不动地说出来了而已。

国丸只是嘟囔着"原来这样啊"，并没有多加反驳。

"是的。"

"我想如果有礼物的话，小枫应该也不会不开心的，我希望圣诞老人能送她礼物。"

因为不想干涉他人的家务事，国丸没有采用直截了当的说法。

"不!"澄子笑着摇摇头。

"她真的对圣诞老人不感兴趣,也不想要什么圣诞老人的礼物。"

你怎么知道她不想要的?这真的是一位母亲说的话吗?国丸开始怀疑自己的耳朵。明明是一位女性家长,为什么脑子如此愚钝!就连自己这个外人都能深切地感受到孩子的内心,为什么亲生母亲却不能理解呢?

"国丸君,你每天都在跟小枫聊天吧?那你应该知道呀。她没说过她不想要圣诞老人的礼物吗?"

澄子既然这样说,国丸只好沉默不语。

国丸原本的计划是这样的。随着话题的展开,澄子肯定说她忙没时间去买礼物,自己就顺势自告奋勇去买礼物,之后拜托她把礼物悄悄地放在孩子的枕边。

国丸是认真的。好不容易遇见小枫的母亲,他一直在等待时机说出这个建议。作为一个外人,除了拜托澄子以外,别无他法。国丸没有办法半夜进入小枫家里放礼物,他只有拜托同住一个屋檐下的小枫父母。能在外面遇到小枫母亲,本想着是个千载难逢的机会,怎料小枫母亲竟轻易地说出那种话。而国丸更不可能去拜托小枫的父亲半井社长。

国丸想起了自己的童年。他是个独生子,也没有兄弟姐妹。家境贫寒,住在联排房子里。在他相信圣诞老人存在的年纪,父亲还生活在狭小的家中,整日抱着一升的瓶子,坐在有六张榻榻米大的房间角落。

关于战争的记忆仍残留在大家的脑海里,渐渐地,人心涣散。那时亲戚或朋友因战争而死,是司空见惯的事。父亲身上酒臭不断,整日一副喝醉酒的破锣嗓。母亲则坐在另一个角落里，在矮桌上默默地做着零工。

他们甚至没有听说过世界上还有过圣诞节的习俗。孩子从未说过，母亲们自然也就认定自己的儿子对圣诞节不感兴趣吧。可是，学校里的同学们会经常聊到圣诞节。这个新潮又时髦的习惯充斥着自由与美国的味道，引起了大家浓厚的兴趣。在这种情况下，想不了解都难。

在那个绝望的时代，如果没有亲身经历过，就无法体会这种对礼物的渴望，而家庭贫困者感触更深。孩子们认为，圣诞公公不会因他们的家庭贫困而左右他自己的决定。

上了初中，识破谎言后，他才明白了自己为什么没有收到圣诞老人的礼物。而自己的心情不但没有变轻松，反倒更加沉重了。贫困的罪恶压在自己身上，荒谬又无奈。他开始思考，为什么世人要用这种习俗给孩子带来不好的回忆呢。

国丸想起自己当时曾对母亲感到不解。看到朋友的高级文具盒，自己也想要，因为自己的文具盒盖子都裂了。他告诉母亲后，母亲答应给他买，他高兴极了。

怎料当晚，父亲把母亲打哭了。要是自己上前阻止也会被打伤，所以国丸只好躲在隔壁厨房的板子之间，等待暴风平息。

次日，当国丸再次提及文具盒时，母亲的态度竟然大变。母亲严肃地教育他说："人要学会忍，文具盒都一样，没有什么区别。"

在那个年代，国丸想要的文具盒并不比他原来用的贵多少，价格差距不大。在孩子看来，肯定是因为父亲说了不行。可是，为什么母亲没有直接告诉他，是父亲不准呢？这样一来，他也不会为难母亲。他不能理解的是，母亲为什么目光闪躲，满不在乎地说出那些话，仿佛那就是她自己的想法一样。她看上去不像在演戏，说的话都是发自内心的。

国丸一天天长大，他渐渐感受到这就是女人。遭受暴力，委屈哭泣过后，母亲的身体和思想都发生了变化。在孩子看来，丈夫对妻子的暴力不只是简单的施虐，其中还包含着某种不可思议的含义。

国丸发誓自己决不能犯这种愚钝的罪行。他发誓自己长大后，不管有多穷，都不会忽略孩子纯真的想法，变得跟愚钝的大人一样。鸭川的寒风掠过鼻尖，曾经的誓言和对晚辈的责任，如今已重重地摆在面前。国丸无妻无子，只有二十五岁，但跟自己有着相同不幸的孩子已经早早地出现在了他的面前。

国丸想为小枫做点什么，他觉得这是自己的责任。这份愿望无比强烈，可他却不知道该怎么做。面对一旁的小枫母亲，他连问都不敢问。不敢跟小枫母亲说："只要今年这一次特例就行，我把礼物买过来，能不能麻烦你把它放在小枫的枕旁？"国丸的请求就是这么简单，如果有什么契机可以提起这个话题就好了，要是能办到，小枫肯定特别高兴。

这时，国丸的左手手肘突然被什么柔软的东西挽住了。他不禁一惊，原来是澄子的右手，紧接着左手也挽上来。

"我可以这样吗？可以和你挽着手走吗？你不喜欢这样吗？"澄子小声地问着。

国丸被吓到了，心跳剧烈加速。他当然不讨厌这样，这是他曾经做梦都想做的事情。只不过他早已放弃，因为他知道这一天不会来临，澄子不仅是人妻，还是自己老板的妻子。

国丸说："怎么可能不喜欢？"

澄子问："那你什么感觉？"

国丸不知道澄子想要什么答案，百思不得其解。

于是他回答说:"当然是开心了。"

澄子说:"我也开心。"

幸福感爆棚的同时,国丸感觉一件重大的悬而未决的事也没机会说了。

两个人安静地走了很远,大概有一百米的样子。现在不需要任何语言,他只祈祷这幸福可以永远持续下去。

他开始幻想自己和澄子同住一个屋檐下,小枫也陪在身旁。如果有这么一天,就算拼上性命,自己也会勇敢面对任何困难与不幸。这样每年就可以毫无顾忌地在小枫的枕旁放置圣诞礼物了。

澄子在他的耳旁说:"要不要坐下?"

然后,澄子细嫩的手从国丸的左臂抽走了。这个细小的动作让他觉得很落寞,对国丸而言,澄子又成了他触不可及的存在。

鸭川的河岸是混凝土的河堤。娇小的澄子半弓着身体,小心翼翼地朝前面的混凝土斜坡迈去,右手拍着旁边的石头,示意国丸坐下。

澄子的迷你短裙向上撩起,露出大腿。国丸的视线闪躲,他慢慢地弯腰在旁边坐下。看到国丸坐下后,澄子把自己带的白色纸包放在膝上,解开绳子,把手提包也放到了旁边。

"你知道这是什么吗?是我刚买的键饼[①],我很喜欢吃。我刚结婚的时候,京都的朋友给我买了键饼,我尝了之后觉得很好吃,从此就喜欢上这个了。大阪很难找到这么高雅的点心,我这次也是久违地买来吃的。"

打开盖子后,里面整齐地摆满了四方形的点心,上面撒满了黄色的黄豆粉。

[①]一种在牛皮糖表面撒黄豆粉制成的点心。

"一起吃吧。感觉像郊游一样，真开心。今天有阳光，天气也不冷。"

的确如此，风停了，阳光照在脸颊上，虽年关将至，倒也不觉得寒冷。澄子从盒子里拿出小小的木棒，用力将其中一个铺满黄豆粉的四方饼切开。然后插起其中一块儿，举到国丸面前，示意他张嘴。

"来，啊……"

国丸照她说的做，抬起头让她把键饼放进了嘴里。

"怎么样，好吃吧？"

澄子说着便将剩下的一小块放进了自己的嘴里。

"真好吃！要不就在这里把它吃完吧？"

国丸连忙制止说："不行，你得给小枫带回去吃！"

于是，澄子笑着点点头，说："对啊，也是呢。"

她慢慢地点着头，郑重其事地说："国丸君，我家小枫真的很可爱，感谢你一直陪她玩耍。"她看着国丸，国丸把视线挪开，朝鸭川的河流望去。

这时，国丸回答说："不用谢，陪小枫玩儿，我也很开心。"

"我知道你把小枫放在第一位，我真的很感谢你。就算小枫对圣诞节不感兴趣，我也想过要为她准备圣诞老人的礼物，可是我老公不喜欢。"

国丸突然感到心寒，原来澄子也经历了这样的人生。隐约之中也曾预想过，其实澄子并不是不理解女儿的心情，而是因为她和自己那位因遭受着丈夫的毒打而独自哭泣的母亲一样，深受丈夫的思想影响，才打心底里相信就是这样。

"还是因为工厂的资金周转困难，所以他才……"

听到国丸的询问，澄子目光闪躲，轻轻点点头。

国丸认为这是一个好时机，便鼓足勇气说："礼物我去买。"

澄子却用力摇摇头说："我老公一定会说不行，绝对不可以给她圣诞礼物。我老公还说他自己也没收过圣诞老人的礼物，父母工作焦头烂额，正是决定生死存亡的关键时刻。此时，孩子配合我们父母的想法是她的义务，也是理所应当的事情。"

国丸默默地强忍住内心的愤怒，心想这算哪门子义务，又没有什么伟大的想法。他没有钱，还老想着喝自己买醉，他的想法就只有这些吧。孩子没有必要为了这种人去做牺牲。

"我家那位已经说了，圣诞节礼物没什么大不了的，忍忍就过去了。而且他既然这么说了，就不会听人劝的。我也觉得圣诞节其实无所谓啦，没那么重要。"

国丸继续沉默不语，他对小枫的关心，经常受自身经历的影响。这同时也是他对自己那个坏爸爸的愤怒。

"他很固执的。他说这不过是孩子的圣诞节，一旦给过圣诞礼物，让孩子养成收礼物的习惯了，以后就必须一直送圣诞礼物。我们现在这种情况，随时可能半夜逃走，一家三口露宿街头。"

国丸说："不需要永远送礼物，这马上就会结束的。"

她对圣诞老人的信仰，只有童年时期才会存在。

他接着说："更何况夫人您也有工作，肯定不会露宿街头的。"

跟丈夫的工厂不同，澄子的章鱼烧店生意红火，生存能力更强。

"最近他对我的店也不满意。"

澄子说着便将左侧的刘海掀起，露出了额头。

"之前他用力打了我这里，起了个很大的包。"

确实能看到她的头发下的肿包和淤青。

国丸低声说:"为什么……为什么他要那么做……"

心中怒火难以压制,只好小声吐槽。有这么好的妻子和可爱的女儿,他怎么就没意识到自己过分幸运了呢。这种无药可救的男人,竟然还有妻子,真是令人难以置信。

在国丸看来,半井的工厂之所以经营困难,都是他自作自受。真想劝他别喝那么多酒,好好认真工作。他不好好工作,反而把气撒在家人身上,真是世上最差最愚蠢的社长。虽然比自己那没有固定工作的老爸强一些,但也只是五十步笑百步吧。

"他都成习惯了,每天晚上都打我,我每天都在哭。"

澄子向比她小七岁的男人倾诉。

国丸的眼前忽然出现了父母争吵的场面。父亲殴打母亲,抓住她的后脑,把她的额头吭吭地往地上磕,而母亲则痛苦地哭喊着。父亲喝醉后站在那里时,就像赤红着脸的恶鬼一样可怕。

"小枫她……"他最担心的就是小枫。

"他还没对小枫下过手,不过之前小枫哭着想袒护我,被他爸推开,还划破了膝盖。"

国丸的心中燃起了怒火,眼前火花四溅。他绝不允许小枫挨打,这是绝不可饶恕的。

他有过相同的经历。他从后面紧紧抱住父亲,大喊着让他别打了,可是父亲却转身来揍他,踹了他的肚子,一下将他踢到门口。然后揪着他的头发和后脖颈,把他拖了出去。

就这样把他一路拖到附近的公园,扔到沙场里,还往他脸上撒沙子,弄得他满嘴都是,沙沙作响。那声音和味道,至今仍记忆犹新。

他还记得小枫膝盖上贴的创可贴,原来那是小枫父亲打的。

小枫当时说只是摔了一跤。

"我受够了,再也不想跟他在一起了,一分钟也待不下去了。你真能忍,还能在那种大叔手下干活。我真佩服你。"澄子笑着说道。

"让我工作赚钱可以,可让我养那样的老公一辈子,我绝对不干。恕难从命!"

澄子脸上的笑容消失了,她朝河面大喊着,语气十分强硬。

12

　当时，在锦天满宫的城内，尤其是国丸居住的公寓和半井家附近一带，发生了不可思议的事情。

　不论工作日还是周末，国丸没日没夜地加班，几乎不曾出城。而当他去买东西、吃饭或者喝酒时，就算不想听，也会得知一些城内的传言。据说这段时间，城内的居民们都夜不能寐。

　奇怪的是，始终查不出人们失眠的原因。这里既没有噪声扰民，也没有彻夜的霓虹闪耀。锦天满宫的商业街没有霓虹灯，仅有的灯光也一定在就寝时刻熄灭。因为是锦天满宫的参道，所以没有车辆驶入，电车也离这里很远。

　可是，不知为何仍有很多居民会在夜里频频醒来。更令人不解的是，卧室在二楼的比在一楼的住户失眠情况更普遍。国丸居住的公寓二楼就有许多人在抱怨这件事，国丸也听说了。更诡异的是，这种事是今年才发生的，之前在这一带从未发生过。

　国丸居住的员工宿舍，原本是一座公寓。国丸是个单身汉，半井铸件厂以前有拖家带口的员工，他们居住在公寓里供夫妻居住的大房间里。后来他们都不干了，员工宿舍的合同解约后，有普通夫妻搬了进来，不过也有人全家搬离。国丸听社长说过，自然也知道此事。

社长想知道他们搬走的原因，国丸自己也感兴趣，所以他拜访邻居询问事情始末，怎料听到了奇异的怪谈。

那夫妇二人搬来后开始呕吐不止，内脏受损，现在已经搬回老家了。虽然情况没有这家严重，另外一家也出现了类似的怪事。

据住户说，他们在家中摆着父母传下来的佛坛，并在上面供奉了两个祖先牌位，怎料早上两个牌位都背过身去了。夫妇二人觉得是祖先嫌弃他们，这让两人有些精神衰弱，他们请灵媒大师来，结果大师说不仅是他们父母的亡魂生气了，而且被明智光秀突袭斩死的信长家臣的亡魂也在作祟。

织田信长在本能寺的大火中自决，而这本能寺就在这座城内。话虽如此，这里与信长被袭的本能寺位置不同。总之，那夫妇二人也逐渐变得彻夜难眠，并出现头痛眩晕等症状，后来还自称看见了幽灵。

有一天，那个丈夫说看到有什么东西站在走廊尽头，而国丸的房间也面向那边。丈夫辞去工作后，夫妻二人开始争吵不断。后来，那个丈夫去精神科看了医生，喝了药，也不管用，全身关节疼痛、身体乏力、走路困难，最终卧病在床。

听到这些，半井社长点了点头，一脸认真地嘀咕着说自己的事业不顺也是因为信长家臣的怨灵作祟。真是无稽之谈。社长从不反省自己的玩忽职守，就喜欢抓住对自己有利的事情顺势为自己开脱。

不过，毋庸置疑的是千年古城京都到处都有类似的怪谈。在围棋盘一样的街道上，总能找到一些痛苦死去者的传说。

社长对接下来的话失去了兴趣，而国丸却对城内的骚乱感到好奇，这些事萦绕在他的脑海里久久不能忘记。之所以这样讲，是因为国丸也变成黎明便醒来的状态。今早也是四点半就醒来，之后又重新睡着了。

对于这种莫名其妙的情况，国丸想要找出其中的原因。他既没有做噩梦，也没有身体不适。只是在床上坐起后，头部发沉，这也是他睡眠浅的证据。可是回忆过去，从小时候开始就不曾出现过这种情况。只要睡着就是一觉到天亮，从来没有中间醒来过。

国丸经历的就是这些，除此之外没有其他更严重的情况发生。也许只是因为年轻的缘故，他既没有看到亡灵，也没有出现头疼眩晕无力等身体不舒服的情况，也没有食欲不振和关节疼的症状。

其实除了凌晨醒来之外，他还有另一件可怕的经历。事情发生在今天早晨，他因为头沉不适，从床上坐了起来。可是不管怎么回忆，他都想不起来自己为什么会醒。

当他抬起头，看到了奇怪的东西，吓得他喊了出来，这下彻底醒了。因为是冬天，所以天还未亮，房间里一片漆黑。在伸手不见五指的黑暗中，他竟然看到了奇怪的东西。定睛细看片刻，明白过来的国丸吓得脊背发凉。

原来是锦天满宫的石头鸟居，它穿过墙壁直插进屋内。准确地讲，是放在鸟居上面的布袋神装饰物，它白色的脸上带着柔和的笑容。不是因为有多喜欢，而是因为这个一直放在他从小居住的贫民大杂院里的架子上，伴随了他的成长。

这原本是母亲的东西，说是以前很照顾母亲的人给的。因为是母亲唯一的遗物，所以舍不得扔，就拿到这边屋里放在了鸟居上面。

在看到布袋神的瞬间，迷糊的大脑首先是感到了疑惑，紧接着是一阵激烈的恐怖感袭来。奇怪的事情发生了，布袋神虽然还在鸟居上，可是它的脸上没了五官，成了白色的平脸怪。

国丸以为自己做噩梦了，便蒙上被子，有种想接着睡的冲动。但他还是鼓起勇气努力跪起身，慌忙环视屋内，看看昏暗的屋内四角以及与天花板的连接处。庆幸的是，没有任何奇怪的东西。

他膝行靠近鸟居的方向，凑近细看后明白了原因。不是脸消失不见了，而是布袋神转了一百八十度脸朝后了。

知道原因后，他便放心了。布袋神自身没有发生变化，因为它没有头发，所以后脑勺也是白色的，从后面看就像是眼鼻消失了一般。加之鸟居很高，在床上只能看到布袋神脖子以上的头部。布袋神的身体被石头挡住了，又不知道它转过身去了，就好像白色平脸怪在看着自己一样。

当然，正面的脸部是完整的。放下心来后，国丸一下子失去了兴趣。可同时又冒出了其他疑问，为什么布袋神装饰会在鸟居上转半圈呢？

之所以有这种疑问，是因为之前没经历过这种事。已经在这个房间住了两年半了，像这种奇怪的情况还是第一次发生。只要在房间里待着，布袋人偶就会不断映入眼帘。不管是从外面回来的时候，还是出去的时候，听广播的时候，抑或是转来转去的时候，基本都能看到它的脸，一次也没出现过转过身去的情况。

睡觉前它也是面朝自己的，后来自己钻到被窝里睡着了，没碰过布袋神，也没人进过房间，不可能有其他人将人偶转过去。

想到这里，又是一阵脊背发凉。难道有谁进来房间了？他起身去厕所，回来时确认了门锁还是上锁状态，门没有任何被打开的痕迹。

布袋神人偶白天没有变化，只有在夜晚自己睡着的时候才会旋转背过身去。这是为什么？

再次靠近确认后,他发现布袋神人偶的位置好像也动了,朝远离自己的方向,也就是说它朝墙的方向后退了。鸟居上面是个斜面,布袋神在往下坡的方向移动。斜面被墙挡住了,可是人偶并没有走那么远,而是停在了墙的前面。

国丸盘腿坐在被子上,陷入了沉思。虽然距离很短,但是布袋神确实朝坡下动了。而且还旋转了半圈。为什么会发生这种事呢?

抵挡不住寒气的国丸趴到床上,盖好被子,保持姿势不变,本打算继续思考,结果一阵困意袭来,瞬间睡着了。后来被闹铃叫醒,已是上班时间。突然想起昨晚发生的事,抬头去看鸟居,发现背过身去的布袋神没有再动过。

国丸用茶包沏了红茶,又吃了两片吐司面包后,出门上班去了。

来到半地下的工厂,看到大型送风机还在转动,吹向头顶道路的排风扇也开着,国丸将它们的开关全部断开。为了给昨晚生产的风铃降温,风扇吹了一整晚。国丸摸了摸摆在板子上的铸件,已经充分冷却可以出货了。接着,为了方便今天干活儿,他又将炉子的火点着了。晚上用于产品冷却,这样工厂运转起来更高效。

在制作砂型时,邻居家的主妇拿着公告板从楼上走下来。说要读过盖章后,再传给下一家。国丸答应着,看到上面写着今晚七点在商工会议所召开街道会议。

午休时,国丸见了小枫,给她出了算术题并陪她一起玩,午饭吃的是澄子烤的章鱼烧。下午工作结束后五点下班,再次见到小枫,并带着她去大吉一起吃了晚饭。

章鱼烧店依然灯火通明,澄子的工作还没结束。不知为何,社长今天一整天都没有来工厂。因为国丸对工作内容都很了解，所以就一个人默默地干活。今天也做好了很多铸件，他把排风扇和大型送风机打开后便下班了。

他在章鱼烧店与小枫分别，看到了告示板上写的街道会议，想着自己要不要也去露个面。里面有好多爱说话的人都是熟人，所以去了也不会无聊。开会的原因大概是夜晚无法入睡的那件事情吧，真想听听大家都说什么。

国丸进入商工会议所一楼的会议室，发现里面只有五个人。自称在走廊看到幽灵的有马不在，可能是身体不舒服没来吧。

这天的会议称不上是会议，只不过是闲谈会罢了。在场的都是男性，也没有议长主持，最终在抱怨中结束了会议。大家抱怨的内容就是夜里睡不着，半夜多次醒来这些事。因为现在国丸也有同样的烦恼，所以他听得很认真。

他们又谈到那个早上起来牌位转过身去的话题，也谈到了去看精神科的有马。因为住在同一个公寓，所以国丸知道他。被问到后，他把在公寓打听到的内容报告给了大家。

国丸说完后，不由得一惊。佛坛上转过身去的牌位？鸟居上转半圈的布袋神？他意识到今天黎明自己经历的不正是相同的现象吗？就在刚才这个瞬间之前，自己从未这样想过。现在终于往这方面想了。

他吓得脸色都变了，然而大家并没有注意到这一点，因为大家都沉浸在自己想说的事情里。国丸之前因为社长的命令，参加过几次街道会议，但都不曾积极发言，也不显眼。他呆呆地躲在角落里，不曾引起大家的注意，大家也不管他，所以待着也挺自在。

今天聚在这里的人倾诉的都是失眠和半夜醒来的情况，睡眠不足导致身体不适，比如头痛，无法长时间站立等，进而影响正常工作。他们都没有出现类似有马的情况，没有看到或体会灵异的事物。他们只是不断重复说，不明白为什么会半夜醒来。

此时，国丸的脑海里一直思考着"旋转、旋转"。不论是邻居家的牌位，还是自己房间的布袋神，它们的原理如出一辙，都是某个物体旋转了半圈。牌位背过身去，布袋神变成了平脸怪。

他认为这些跟怨灵和报应都没有关系，一切都只是旋转造成的。但是推理到此为止，它们为什么会旋转？在佛坛和石头鸟居上，为什么它们一定要转半圈呢？而且偏偏在夜里，白天为什么不动？这到底是为什么呢？原因不得而知。

国丸独自待在会议室的角落里，犹豫着要不要把自己昨天晚上的经历告诉大家。突然，有种难以言表的抵触感袭来，那是一种本能的接近自我防卫的感觉。他隐约听到有人低声告诉他不要讲，不然就会有危险发生。关键是，即便是想让大家帮忙出谋划策，也很难有人帮得上忙。

回到房间后，国丸背靠墙继续思考，眼前是穿过墙壁进入房间的石头鸟居。可以看到鸟居上面放着的布袋神装饰，今早手动恢复朝向后，目前它面向前方，白色的脸上带着柔和的微笑。

现在看来，真的是细思极恐。鸟居位于通往锦天满宫的短短的参道入口处，它的两端贯穿了左右两座房子的墙壁。国丸所在的公寓位于北侧，穿墙而过的鸟居尖端仿佛在窥探他的房间。当初完全是觉得有趣才主动提出住进这个房间的，并且进来后把布袋神摆在了石头鸟居上面。

这时，他开始回想刚才居民们倾诉的内容，最后有很多重复的内容他没有认真听。因为没有人问他"你有什么异常情况吗"或者"你有没有半夜醒来过"这类的话，所以他也没有提及自己今天早上经历的事。他倒不是下定决心坚决不说,如果有人问的话,他或许就会告诉他们鸟居上的布袋人偶转过身去的事。

他之所以保持沉默的另一个原因,是因为穿墙入室的鸟居。要是主动开口,肯定会有人问他:"你就住在锦天满宫鸟居穿墙而过的房间里吧。"接下来他们就会刨根问底,事情就更麻烦了。

半夜醒来的不止自己一个人,大家都有相同的经历,没有必要把焦点集中在穿墙而过的鸟居上。可是在睡梦中莫名醒来的人里面,房间里最奇怪的莫过于自己。这样一来,大家就会产生各种联想,并且把这当成议论的焦点。

今晚来开会的有五个人,或许这就说明这座城里感受到严重异常的有五个人。可能还有其他半夜醒来的人,不过他们的症状应该比较轻微吧。严重到身体不适的,可能就是刚才的五个人。那对严重到看医生的夫妻已经搬走了,另外还有一个人身体不适没来开会。

五个人当中有两个人跟自己一样,也住在松坂庄。如果算上搬走的夫妻,再加上看到幽灵的人,总共五个人吧。不对,算上自己就是六个人,大家都住在松坂庄。感到异常的一共是九个人,其中有八个人住在二楼,只有一个人住在一楼。

剩下的三个人住在对面的公寓里,也就是社长一家所在的那幢,他们都住在二楼的房间里。也就是说他们都在二楼睡觉,并且都在奇怪的时间醒来。

大家都住在公寓里,没人住在独栋房子里,而且住在二楼的人特别多,住在一楼感到异常的只有一个人。绝大多数人住在二楼,并且都感到了异常。

等一下,还有一个共同点,那就是鸟居。这些都是鸟居附近的公寓。石头鸟居周围的公寓,并且其中住在二楼的人深夜都会醒来。也就是说，住在这种房间的人都有难眠的困扰。为什么会有这个规律？

二楼？国丸又注意到了一件事。鸟居的尖端刚好在二楼穿墙而过，这之间有什么关联吗？

他突然想到了小枫，不知道她怎样了。自己居住的就是锦天满宫穿墙而过的房间，这是鸟居北侧的房子，鸟居南侧贯穿的则是小枫的房间。他开始担心小枫，不知道她有没有出现什么异常情况。于是，他决定明天去问一下。

13

　　国丸在黑暗中突然睁开眼睛，天花板上的木纹映入眼帘。他突然意识到，自己又醒了。

　　天还未亮，屋里屋外漆黑一片。不必拉开窗帘就知道，外面一定还很黑。

　　枕边的闹钟指向四点半，跟昨天一样，又在这种奇怪的时刻醒来了。不知为何，这种事情反复发生，难道已经形成习惯了吗？这可不是什么好事。

　　他把头从枕头上微微抬起，虽然情况不严重，但是头有些沉。昨晚睡得不太好，回想起来也不记得做过噩梦。这感觉就像是做过梦一样，可到底梦见了什么，怎么也想不起来。就是有一种感觉，只剩下做过梦的感觉。曾经在哪里读到过这句话，跟现在的情况很贴切。

　　国丸突然想起了什么，抬头朝鸟居看去，并小声"啊"了一下。布袋神的脸又转了过去，变成白色平脸怪了。依然是转半圈，面朝墙壁，距离稍微变远了。

　　貌似因为睡得不舒服，他并没有接着睡的困意。头脑昏沉，还没有到头痛的地步，但还是不舒服。他晃了晃脑袋，慢慢坐起身，盘腿坐在被子上。一声叹气，接着是深呼吸。手扶墙支撑着身体，慢慢站起身，朝厕所走去。

他从厕所出来洗过手后，去玄关查看上锁情况。同昨天晚上一样，没有任何异常。门锁完好，没有任何人闯进来过。

国丸朝插进房间的石头鸟居走去，然后拿起布袋神像，翻过来查看底部，却没发现任何异常。接着他又把布袋神脸朝前放置，恢复到睡觉前相同的朝向。不知为何，他突然想呼吸一下外面新鲜的冰冷空气，便将窗帘拉开，准备打开两扇玻璃中间的月牙锁。突然，他盯着自己手的方向，察觉到了异常。

开锁的手感跟预想的不一样，锁非常轻易地就开了。半月部分很轻易就能转动，手柄一下就转了下来。因为半月的边缘只有一小部分卡在金属锁槽里，稍微绊住了。将食指轻轻放在半月锁的手柄上，还没有用力，半月部分就自行旋转打开了。

这个房间的窗户已经很旧了，月牙锁也很旧。金属旋转接触的部分已经生锈，转起来不灵活。所以不论是把半月部分转进金属卡槽，还是把手柄转下来，都需要用力才行。因此他刚才才会感到惊讶。

还没有用力，月牙锁就打开了。也就是说，月牙锁处于一个即将打开的状态。上锁后，半月朝着开锁的方向旋转了很多。

太奇怪了！不管出于什么原因，生锈又坚硬的月牙锁半夜自己转到快打开的情况实在太不可思议了。如果是新的窗框，所有零件都处于很好用的状态，或者是抹了油，接触部分摩擦很小的状态，倒还可以理解。可是这个金属框的窗户没有抹油也不新，零件也不好用。月牙锁的半月部分和金属卡槽都生锈了，转起来也困难。到底是为什么这么轻易地就开了呢？

国丸努力地回想昨天晚上睡觉前，自己到底是怎么上锁的。真的是只把半月的边缘推进金属卡槽一点点吗？是自己大意了吗？

他终于想起来了，自己没有大意，的确是用力旋转手柄，将半月部分深深地插入了金属卡槽里，根本不可能会松开。这一点他记得很清楚，因为当时他还想，卡这么深，开锁的时候肯定会很费力吧。

紧接着，他开始回想昨天黎明醒来时的情况。同样是在这样的黎明醒来，当时的月牙锁是什么状态呢？是不是也处在快要松开的状态呢？

具体情况不得而知。昨天黎明时，没有去开窗户。不对，等一下。国丸突然惊讶地意识到，昨天睡前用力将月牙锁锁好了，也就是说，之前锁是开着的。

可是这几天，国丸不记得自己有打开过窗户的月牙锁。不记得开过锁，却记得上锁？既然去上锁，那之前就一定被谁打开过。什么时候打开的？自己什么时候打开过这扇窗户？反过来讲，这扇窗从什么时候开始就没打开过了？

他陷入了沉思，可是记不清了，怎么也想不起来。上锁已经成了无意识的习惯，一件顺手就做的事，所以不论上锁还是开锁，都不记得了。

即便如此，他还是拼命地回想。终于他隐约想起来，最近一段时间他都没有上过锁。进入冬季，天气转寒，本来就没有开窗。也就是说，他没有打开过月牙锁。前天一整天，以及再往前的一天，自己都没开过窗户。月牙锁应该一直是锁着的。

前天晚上睡前和隔天早上醒来时都没有开过锁，也没打开过窗户。可是，昨天晚上睡觉时，自己竟然用力把锁锁上了。明明不曾打开过，为什么昨天晚上需要上锁呢？

也就是说，月牙锁当时是开着的。究竟是什么时候打开锁的，又是什么时候开窗了？自己不曾开过窗，为什么月牙锁开了呢？是谁在什么时候打开了月牙锁，谁开了窗户？

自己之前都不曾想过这些事情，现在终于意识到了。如果昨天睡觉时这把锁是开着的，那就太奇怪了。自己不记得曾打开过窗户，所以锁也不可能开着。如果锁开了，那就太奇怪了。

自己已经养成了睡前给窗户上锁的习惯，而昨天和前天都没开过窗户。现在不是夏天，屋里很冷，所以不想开窗户。因此，昨天早上起床上班，一直到回来睡觉，一次都没开过窗户。如此一来，昨晚睡觉时，月牙锁应该是上锁状态。可是，自己确实记得昨晚睡觉前去上锁了。也就是说，之前锁是打开的状态。为什么呢？为什么锁开了？国丸终于意识到了事情的蹊跷。

当时他很困，也没有多想。只想着工作很危险，如果睡眠不足的话，工作时很容易受伤。他握住月牙锁的手柄，将月牙用力推进金属卡槽后，便回到床上盖上了被子。

被闹钟叫醒后，他起身在被子上盘腿而坐。虽然睡眠不足导致心情不畅，可是没办法，已经是出门上班的时间了。

他抬头看着鸟居，发现布袋神没有任何异样，没有背过身去，依然面朝外平和地笑着。随后，国丸将窗帘拉开，查看了月牙锁，发现依然是上锁状态，没有丝毫松开的迹象。

他脱下睡衣，穿上裤子和毛衣，然后披上灰色的工作服出门。从宿舍到工厂步行只要一分钟，跟那些要坐很长时间电车去上班的人比起来，这实在是太轻松了，这一点他很感谢老板。

晃晃悠悠地来到半地下的工厂，他惊讶地看到楼梯旁薄薄的胶合板门半开着，半井社长正在里面睡觉。这扇门上没有锁，为了能在熬通宵的情况下在这里打个盹儿，特地腾出了这个小空间。看上去社长昨晚就睡在这里，国丸歪着头思考原因。是不是喝多了回不去家了？虽然不知道社长在哪里喝的酒，可是既然都能回到这里了，到家里也就几步的距离，不需要在这里睡觉。

国丸走进作业车间，发现大型鼓风机还在转着。摸摸产品已经晾凉了，于是他把电源关掉，把通向大街的换气扇也关了。

紧接着他又给锅炉点上了火。虽然给砂型注入金属的工作还没做完，但数量很少，上午应该可以做完。接下来就可以把昨天做好的产品装箱了，他脑子里想着工作顺序。

国丸开始工作后，社长好像起来了。他在厕所的洗手池旁刷牙漱口，洗脸时发出很大的声响，吐痰时发出不雅的声音。国丸从以前开始就不喜欢发出这种声音的男人。

接着社长晃晃悠悠来到作业车间，国丸主动打招呼说："早上好！"

奇怪！社长怎么今天没有任何反应。虽然社长不礼貌，一副黑社会横行霸道的态度，但是早上打招呼还是会"嗯""哦"地回应的。可是今天早上却没有任何反应。

国丸想知道到底怎么了，只见社长完全没有要加入工作的样子，径直朝外面走去。

"社长！"国丸看着楼梯上即将不见踪影的社长，大声地喊道。社长要连续两天偷懒吗？有时工作需要社长做指示，可是他人却不在，这太让人困扰了。但社长还是头也不回地走上楼梯，消失不见了。没有办法，国丸只好一个人工作。

过了将近一个小时，国丸感觉有人在入口处，回头一看发现是社长站在那里。他脸色苍白，眼睛肿起，像是酒还没醒的样子。

国丸叫道："社长！"

然后问道："您怎么了？"

"你还好意思问！"

社长用粗暴的声音回答，令人摸不着头脑。

"你拍拍胸脯好好想想，有没有什么话要对老子讲？"

"啊？"国丸不禁问道。

"没有吗？！"半井社长怒吼着。

"你让我说什么？"

听到国丸的反问后，社长怒气冲冲地朝他走来，然后抓住他的胸口，吓得他后退几步。

"你竟然跟我老婆一起在鸭川散步！"

社长语气激动，国丸这才明白，原来社长看见了。

"我还有心情工作吗？我的手下和我老婆竟然在光天化日下调情。"

"社长，不是这样的。"国丸拼命解释道。

"那你说哪里不对？"社长怒吼着。

"我们是在四条大桥尽头的路上偶然碰到的。"

"你们干吗去那里？"

"这附近的饭店我都吃腻了，所以我想换个地方吃午饭，走着走着凑巧就碰到了您夫人，就在等红绿灯的时候。"

"编得挺好呀，两个人还对过口径吧。"

"我没开玩笑，是真的。"

"碰巧在路上遇到，会准备午饭便当吗？"

"便当？"国丸惊讶道。

"你们两个人亲密地坐在河边，还用筷子喂对方吃东西。这老子都知道！"

"哦……"国丸想起来了。

"那是键饼，是一种点心。夫人在祇园买来的，说她很喜欢吃。"

"你少在那儿撒谎！你这个忘恩负义的家伙，忘了是谁把你一手培养起来的吗？"

"社长！这都是误会。"

社长依然紧抓着国丸的上衣不放手，国丸用手把他推开。

社长说："都这样了，我哪里还有心思工作呀？"

"我跟您夫人什么事都没有，我们是清白的，不信您可以去问她。"

"你们光天化日之下挽着胳膊走，都那般调情了，还说什么事都没有？"

"那你说会有什么事？请你直接去问您夫人吧。"

"我问了，她竟然说要走。说什么马上就会带着小枫离开这个家，让我暂时睡在这里。"

社长用手指着后面的休息室，国丸点了点头，明白了事情经过的他感到十分惊讶，没想到社长夫人竟然说到了这个地步。难道她真的想跟社长分开，所以社长昨晚才睡在这里吗？

"真是忘恩负义的家伙，你也是，我老婆也是。我呕心沥血地努力工作，她却背着我跟年轻男人私通。"

"我们没有私通！您夫人也不可能那样说吧。"

"这还用说吗？都写在脸上了。我跟她生活了这么多年，我比你了解那个女人。"

国丸一声不吭地呆立在那里，的确如社长所说……

不过，澄子下定决心要跟社长分开，这不怪自己。因为自己和澄子没有发生任何关系。

"你以为事情就这么过去了吗？你恩将仇报，把事情都做到这种地步了。而我呢，做什么都不顺利，生死存亡之际，哪还有心情工作。"

半井社长大喊着转身爬上楼梯，跑了出去。

社长一整天都没回来，大概是在什么地方喝闷酒吧。

国丸把商品装箱后堆叠在厂房的角落里，尽已所能把能做的工作都做了，剩下就是等社长发货了。他认为在这紧要关头，更不该去喝酒。

五点的时候，他看到小枫出现在上方的道路上，于是就拉着她的手，带她去了笹屋。

在朝着锦天满宫走的路上，国丸问小枫："最近，你有没有睡不着的情况？有没有在奇怪的时间醒来过？"

"有！"小枫点点头，小声回答道。

国丸惊讶道："嗯？真的吗？"心想连小孩子也一样。

小枫笑了笑说："前天我半夜醒了，因为太害怕，所以就走到楼下的房间，钻到妈妈的被窝里睡了。"

国丸点点头，心里想着果然如此。

虽然知道孩子并不懂，但他还是忍不住问："到底为什么会醒呢？"

"最近镇上有好多人都半夜醒来呢。"

小枫依旧微笑着，歪头思考，嘴里吸着国丸给她买的果冻。小枫在遇到不懂或困惑的事情时，就会先笑笑。国丸很喜欢她这一点，觉得她可爱极了。这样的孩子并不多见，可她既不像爸爸，也不像妈妈，到底像谁呢？

"小枫。"国丸叫着她的名字。

"嗯？"小枫笑着抬起头。

"你爸爸妈妈昨晚吵架了吗？"

听到这里，小枫说："嗯。"然后低下头，脸上的微笑也不见了。

"你爸爸昨天很大声吼吗?"

小枫轻轻地点点头。

"他打你妈妈了吗?"国丸嘟囔着问道。

小枫回答说:"他让我上楼去,后来我就不知道了。"

国丸点点头,再也问不下去了。

然后,他自言自语似的说道:"你爸爸昨天睡在厂房工作间了。"

小枫没有任何反应。

14

国丸将晾好的铸件装箱，叫来一辆卡车，跟司机一起装车。然后，他坐在副驾驶上，把货送到了位于大津的公司。

回程他坐卡车到加茂大桥，然后从那里坐市营电车回到锦天满宫。回到工厂后收拾打扫一番，已经临近六点，小枫又出现在了上方的道路上。两个人一起去大吉吃了晚饭。而社长一直没有来过工厂。

吃完饭，国丸带小枫去笹屋，然后把一路吸着果冻的小枫带到了天满宫的鸟居下。国丸一边给小枫出数学题，一边抬头朝章鱼烧店望去，澄子也微笑着朝这边看过来，跟社长的样子形成鲜明对比，仿佛什么都没有发生一样。

这时，之前在町内会上自称住在小枫家后面公寓里的男子，面色苍白地从一旁走过。看上去身体状况不佳，可能也正因如此，他并没有注意到国丸等人。

国丸想到了自己的身体状况，虽然没有多好，但也不至于到生病的地步。

他问一旁的小枫："小枫，你现在晚上还睡不着吗？"

小枫很爽快地回答说："嗯，不知道。"

想想自己小时候，因为正是长身体的时候，所以很贪睡，很少出现晚上睡不着的情况。就算稍微睡得不好，第二天早上也都忘了。虽然小枫的回答有些出乎意料，但这只是孩子随口的回答，孩子跟大人的思维不一样吧。

自己最近睡眠不好，有时早上四点多醒来，而且不是说这个时间刚刚醒来，而是经过长时间浅睡眠的挣扎后，最终忍无可忍才睁开了眼。

如果睡得好，就算四点半起来，也睡了大概六个小时，按说应该睡够了。可是早上醒来总是感觉不舒服，究其原因还是没睡好。显然状态不好。为了小枫，也要把原因找出来。

跟小枫告别后，国丸回到了自己的房间。穿墙而进的鸟居上放置的布袋神，依然面带微笑地正面向前，位置也没有任何变化。

他拉开窗帘，检查月牙锁，上锁情况完好。把手也丝毫没有动过的痕迹，锁得很紧，要用力才能转得动。看样子，睡觉时不需要再来上锁了。

国丸点着煤油暖炉，泡上日本茶，听着音乐，不一会儿就倦了。于是他换上睡衣，从壁橱里拿出被褥铺到地上，躺了下来。

关灯闭眼，国丸脑子里想的全是澄子、小枫和社长。可怜的社长即将失去妻子，可是对于这种蛮不讲理、喜怒无常、肆意妄为的男人，国丸从来就没有尊敬过他，也无法产生同情之心。

这对夫妻今后打算怎么办？澄子看上去是真想离婚，社长会同意吗？澄子很受大家喜爱，而社长再找其他女人并非易事。如果公司倒闭了，他就彻底沦为穷光蛋了。

如果他们离婚了，独生女小枫就会跟着妈妈，肯定不会让酗酒成性的爸爸抚养。想必他也不会主动提出抚养。

国丸还想象着澄子跟他丈夫离婚后，会不会来找自己。他感觉澄子会来，也希望澄子来找自己。如果能搬到远处的城市，三个人一起生活下去，这样一来他跟小枫的关系也会更加亲密。

可是如果真的变成这样，自己就能拥有澄子了吗？一定可以的。这一点有些让人难以置信。可能是因为之前他努力不让自己想这些，以前做梦都不敢想的事，如今竟然要变成事实。虽然内心激动不已，却没有什么真实感受，反倒有些害怕，因为这就等于从社长手里抢走他的妻子。

如果和澄子重新开始生活，不管搬到哪里住，心情阴郁的社长都不会放过自己和澄子吧。他会不惜一切时间和代价来报复，就算逃到北海道或冲绳，也肯定会被这固执的社长找到。常年跟社长打交道的国丸明白，社长肯定不会放过他们的，因为半井肇就是这样的人。

社长说有个男人曾经让他在工作上丢过面子，国丸觉得那没什么，半井社长却不知疲倦地抱怨了这个人好多年，最后还狠狠地报复了一番，派人硬生生把这个人的工作抢走了。

社长工作能力不行，可是在这种事情上很有才能，而且执念很深。国丸经常想，如果他能把这种热情放在工作上就好了。

半井社长选错行业了，他注意力不集中，还贪酒好色，不能静心钻研技能。偶尔一时兴起制订个长期计划，也没有执行下去的信念，这种人不适合制造业或实业。

社长已经迈入中年时期，这种时候自己的老婆出轨，另寻新欢，不知他会作何感想。国丸之所以这样想，是因为他有段难忘的记忆，那是关于母亲的记忆。

国丸的父亲酗酒成性，母亲经常在晚上被父亲打哭。所以国丸觉得她是个可怜的女人，他至今也不觉得这样的理解有问题。而成人之后，他的想法多少有些变化。说变化可能有些言重了，应该说是稍稍修改了一些。

母亲多半也是轻浮之人。那时，自己还是个小学生，母亲也就三十多岁的样子。她外貌可爱，应该很受人喜欢，有人邀请她也会毫无防备地答应。直接点讲，就是没有什么头脑，浪荡公子们也会觉得她很好骗吧。

如果母亲无视丈夫而跟其他男人苟合，她肯定不会选择在自家联排房屋，而是会另寻他处。国丸不记得以前见过类似的情景。碍于邻居耳目，肯定不会选在自家狭小的房子里。以前父亲整日在屋里晃悠，可能是有所察觉，才会在酒后责打母亲吧。

孰是孰非，别人不能轻易下结论。母亲大概是想趁年轻，找个有经济能力的正经男人，早日从现任丈夫暗无天日的生活中挣脱出来吧。这样想来，她也不是好男色又自甘堕落的女人。两个人共同生活后才逐渐发现，原来丈夫是个游手好闲、性格孤僻、整日用酒精麻痹自己的人。刚认识的时候，她还不了解这些。当时母亲还年轻，父亲的情况应该还没那么严重。

事实证明，母亲确实没有男人运，她拼命想找个好点儿的男人帮她摆脱现状。可是，事与愿违，她看男人的眼光不行，总是受对方的外表影响。

国丸意识到，那些不工作的一无是处的男人，生来就是手无寸铁在底层艰难爬行的人。而让这些男人产生工作意愿，不正是女人的力量吗？不正是女人的魅力所在吗？母亲到底是没有这种力量。这种想法渐渐地涌现出来。

磨炼男人，让男人成长的力量，莫过于激发他们的干劲儿。如果既没有魅力，又没有看男人的眼光，这种女人想早日找到财力雄厚的男人，简直是白日做梦，很容易上当受骗。她们容易想到拿身体来交换，几次过后男人也就厌倦了。

就算如今回想起母亲的种种，还是会忍不住思考这些。没有男人运这句话说来简单，结局却是残忍的。

每当回忆起小时候，脑海里就立刻闪现出一件事。因为是不好的回忆，国丸尽量不去想它。可是不管怎样用力甩开，他都会定期想起这件事。大概这就是他生存路上必经的仪式吧。

这件事至今记忆犹新，那是色彩鲜艳的画面，像是印在脑中的彩色照片，萦绕在脑海难以拂去。时过多年，任凭记忆积累，还是没能掩盖这段记忆。它既不消失也不会褪色，已经构成了大脑皮质的一部分。褪色成深褐色的记忆的，则是其他和平的光景。

国丸只目睹过一次。一番激烈争吵过后，父亲从联排房扬长而去，一连多日没有回家。在一个快要日落的傍晚——他当时穿着短裤，所以应该是初夏——因为和伙伴们约好去打棒球，所以跟母亲说了会晚些回来后就出去了，而母亲当天也大意了。

一位主动发起这场球赛的邻居男子将他的旧棒球手套给了国丸，于是国丸就用这副手套打了整整一个下午的软式棒球。他也没想到那么早就结束，临近黄昏，联排房旁边的街灯已经亮起。从后门回到家后，他竟然听到了女人的呻吟声。在惊讶中他意识到那是母亲的声音，因为他经常听到母亲的哭声，所以能辨别出来，否则也不会料到那是母亲吧。

他本能地意识到了危险，便悄悄地从家里出来。呆立片刻后，无处可去的他绕着房子走了两三圈，想不到其他可以溜达的地方，觉得时间差不多了，便靠近窗户窥探里面的情况。

昏暗中，透过窗帘的缝隙，可以看到室内没有开灯，母亲和一位陌生男子并排靠墙坐在那里。看到他们没有拥抱或纠缠在一起，国丸悬着的心放了下来。可是，母亲的裙摆撩到了大腿根部，单膝立起，露出两条雪白的大腿。

男子赤裸着上半身，下半身盖着毛毯。两人似乎在交谈，接着男子又将母亲拉过来按倒在膝盖上。看到这里国丸连忙将视线从窗户挪开，因为在母亲倒在男子膝盖上的瞬间，母亲双腿张开，双腿深处展露无遗。

他心想，他们应该已经做完了吧，但还没有恢复日常的状态。至少要等到他们穿上内衣裤，他到远处的岩石处坐下，太阳就快下山了，到时候男子就会回去吧，他这样想着，静静等候。

随着夜幕降临，国丸眼前浮现的是刚才令他震惊的场景。母亲雪白的双腿，微弱的光线刚好照射在那里，在母亲双腿打开的瞬间，一切都被他看到了。

他想之所以发生这样的事，是因为房子太小了。如果有二楼的话会好些，至少如果再有一间房间，就可以把不该让孩子看的东西都藏起来。孩子在这种时候，除了等待别无他法，希望家长能多加思考。孩子则没有抱怨或不满的权利。

在外面盯着正门，坐了好久也不见男子出来，国丸继续等待着，心想他怎么还不走。他只有等待，除此之外他想不到其他方法。天黑后，孩子只能回到父母家，可自己如果现在回去，就会碰到那个男人。他不想看到那个男人，或许几天后等刚才的印象淡了才可以，至少现在不想见。

想来这种心理也有些不可思议。国丸不喜欢自己粗暴的父亲，在某种意义上，母亲另寻新欢也是理所当然的，所谓道德的束缚是偏向父亲的说辞。话虽如此，可是被母亲新交的男人恬不知耻地叫"喂，小子"还是会有些不舒服。

这时，母亲喊道："小信！"只见母亲微笑着从正门探出了上身。国丸被吓了一跳，因为平常母亲都是直接叫他"信二"。"小信"这一称呼显然是因为有客人在，而这天是因为那个男人。

国丸心想，难道母亲很重视刚才那个男人，想让自己跟那个男人见面吗？不然的话，母亲会直接叫自己"信二"的，而且晚饭前就会让那个男人走了。

那男人还在家中，也就意味着他要在家里吃饭。现在母亲喊自己，难道母亲想跟那男子三人一起共进晚餐吗？洞察到母亲的心思，让他心情沉重。

国丸缓缓地从石头上站起来，看到母亲脸上的微笑已经消失了。她刚才应该看到自己坐在石头上了，可是当时的笑容又好像说明母亲并没有多想。看到母亲反应如此迟钝，国丸感到吃惊。儿子明明可以直接回家，却坐在了门口的石头上。难道母亲没有想到，这是因为儿子知道房间里发生的事情了吗？

母亲难道没想到，孩子知道就意味着亲眼见到了吗？母亲不知道窗帘就算拉得再严实也还是会有缝隙的吗？对于母亲感受迟钝这件事，国丸一直觉得很不可思议。他的母亲有时表现出来的是对一切都毫不在乎，又很轻浮的女人。她轻浮也就算了，可是她的洞察力迟钝却是致命性的。那种大家都有的洞察力，她却没有。

明明儿子多次看到她被丈夫殴打后哭泣的样子，第二天她却忘得一干二净，见到儿子也是一脸什么都没有发生过的样子。国丸有时会觉得，母亲或许就是需要某些感受力受损才能面对儿子吧。否则，她很难在这种境遇中生存下去。而现实是，母亲就是一种缺陷型人格。

国丸觉得澄子跟自己的母亲很像，很显然两个人是相同类型的女性。澄子因为需要经营生意，所以必须切换心情，保持微笑，否则没办法继续工作。可能自己的母亲也一样吧。自从父亲离开家后，母亲就到一家小的建筑事务所工作。因为父亲也不是那种会寄生活费和抚养费的人。

　　国丸慢吞吞地回到家中，只见母亲站在厨房的木地板上，看上去心情很好。母亲一边招手让国丸过去，一边朝榻榻米房间走去。她在房间里朝这边看过来，满面笑容地招呼儿子过去。

　　站在榻榻米房间的门槛上，裸露的灯泡有些晃眼，只见一个男人独自坐在坐垫上喝着啤酒。他们已经把寝具收起来，拿出了矮桌。

　　"嗨！你好。"男子笑着说道。就算对方是个孩子，他的态度也不狂妄，这让国丸对他产生了一丝好感。

　　这时母亲介绍道："这位是希克利。"这件事国丸至今依然记得，如果没有记错的话就是这个名字。而这至今仍让他感到迷惑，因为他不知道这到底是那个人的姓还是名，又或者是职业名或工作中的某种行话。母亲为了维持生计在事务所上班，那家公司会承包一些工程，因而还保留着一些以前的词汇，希克利也可能是她上司的职位名。

　　母亲介绍完后，立刻转身回厨房做饭，好像在担心锅里的东西溢出来。没办法，国丸只好在那个男人面前坐下。

　　那个男人的性格比他想象得更开朗，不像那个时代的其他男人，一言不合就动怒发威。从这个方面来看，他跟社会上那些妄自尊大的家伙不一样。虽然看上去并不年轻，但也不显老。国丸当时还是个孩子，看不出大人的年纪，只觉得他应该跟母亲年纪相仿。他的头上抹了很多发蜡，头发梳得很精神，并且体格壮硕，大概经常运动吧。微笑时会露出白色的牙齿，给人印象不错。

　　可是，刚才母亲将双腿完全裸露出来，当时旁边坐着的就是这个男人。当时的情形在国丸的脑海里留下了深深的烙印，久久不能消散。这让国丸感到有些尴尬，不知该聊什么才好。

此时，那名男子也非常苦恼。他不知道该说什么才能引起孩子的兴趣，看上去在试探着讲些话题，这让国丸感受到了他的诚意。可是没过多久，他又好像放弃了一样，一个人默默地喝起了啤酒。这让国丸感觉他的世界似乎很狭小。国丸心想，随便聊些火车模型、宇宙、新型汽车的话题，自己马上就会提起兴趣的。

母亲从柱子后面探出头来，说需要帮忙端盘子。听到这些，国丸感觉自己得救了，马上起身。

令人不可思议的是，就算母亲加入了聊天，气氛还是没能热络起来。这让国丸好奇，他们是怎么发展成那种关系的。餐桌上摆放着平时不常见的料理，能看出来这是母亲精心准备的。

三个人结束了尴尬的用餐后，男人说了句"我吃饱了"，看了眼手表便起身说要走。这时，国丸放心下来。因为这个男人给人感觉并不坏，如果自己没有看到他跟母亲做那种事的场景，国丸或许会跟他敞开心扉的。如果他会打棒球就更好了。从这种意义来讲，他还是有些遗憾的。

这时母亲说："还早吧。"说的时候脸色都变了。确实时间尚早，还不到七点。

母亲接着说："难得有机会，你跟小信关系相处得不错呢。"

听到这里，国丸有些惊讶，因为他不这样觉得。两个人话不投机，唯一的共同话题是职业棒球，只可惜两人支持的不是同一个队。

男人说："可是没酒呀。"

母亲赶紧说："日本酒可以吗？"

"嗯……"男人的语气并不是很肯定。

"小信，你去买，就在拐角那家酒屋，用那个瓶子装满一瓶。"母亲连忙指着濑户烧的瓶子说道。

没等母亲说完，男人就连忙说道："不行，我得走了，还有工作要忙。"

"不行，再待会儿。"母亲用略显强势又有些撒娇的语气反驳道，看上去很不想让他走。然后一下子站起来，将瓶子递给国丸。国丸接过瓶子穿上鞋，在夜色中走出门。

等国丸在酒家打了一整瓶酒，沿着黑暗的小巷回家时，他看到一个高大威猛的男人正迈着匆忙的步伐拐过街角，从电线杆旁走过。而这个人正是母亲刚才介绍的那个叫希克利的男人。

国丸心想，他要回去了吗？那这酒真是浪费了。因为他知道家中贫困，所以打骨子里知道要省钱，能省一分是一分。

他站在原地，看着那个男人远去的背影，只见那男人走到电线杆前，又急匆匆地朝车站走去。这时他突然想起独自在家收拾饭菜的母亲，便准备赶紧回家。可是转念一想，又停下了脚步，没有过多思考，便朝着那个男人的方向追了过去。如今想来，或许当时他有什么话想对那男人讲吧。

因为两人相距较远，所以国丸跑步似的快步向前。紧接着，就在两人相距二十米左右时，那男人已经走到了车站前的广场，他壮硕的身体慌忙穿过广场，来到车站前的灯光下。他快步穿过灯光照射的区域，眼看就要消失在车站内的昏暗之中。就在这时，他做了一个出人意料的动作。只见他像是非常吃惊一样，挺直了上半身。

墙对面出现了一位身姿婀娜的年轻女子，她将身子靠在了男人的左手上，刚才这女子就坐在车站里的木质长椅上，等待男子的到来。国丸想他之所以惊讶，大概是因为这次见面不是提前约定好的。也许他们约定在其他车站见面，可是这女子等不及了或者是太过担心，所以才到这个车站来迎接他吧。

国丸立刻躲到了车站邮局的邮筒后面，这个动作正及时。因为那女子来到车站灯光下后，便迅速左右张望，看有没有人跟在他们后面。确定没人跟踪后，她便立刻扑上去，贴住他的双唇亲了起来。这时的车站里只有他们两个人。

国丸转过身去，连忙离开车站广场，半跑着赶回家。他将濑户烧的酒瓶抱在胸前，越发觉得这酒真是浪费。国丸心想，这个男人今后再也不会来自己家了，他也不希望这种人来自己家。刚跟自己的母亲道别，他就去找别的女人，这对当时还是孩子的国丸来说，真的不知道该以何种态度面对。

当时国丸认为母亲是被骗了，他虽然不知道那个男人到底是出于什么目的去拥抱自己的母亲，可是那男人是有女人的，而且是个年轻貌美的女人，身材比母亲更高挑漂亮。当她现身在车站灯光下时，国丸便认识到了这一点。

国丸快步走回家，犹豫着该不该告诉母亲。那个男人身材高大，身体壮硕，长相也很好，是母亲喜欢的类型，很明显母亲很中意他。母亲盘算着依靠那个男人，彻底摆脱这糟糕的生活。作为儿子的自己，很明白母亲的良苦用心。可是，这明明就是不可能的事情，从现在的情况看来，那根本是痴人说梦。他有别的女人，还是打扮华丽，像演员一样的美丽女子。

而如果现在告诉母亲这些，她肯定会又惊又气，毫无疑问会受到伤害。她或许不想相信也不想听，然后将一切归咎于自己，乱发一通脾气。

国丸的直觉告诉自己，那个男人将自己有女人这件事隐藏起来，故意接近母亲，不仅仅是为了得到母亲的身体，他肯定有其他企图。在长期的贫困生活中，国丸见惯了父母因为生活困苦而吵架，也从中学会了洞察成人世界的狡猾与肮脏。

虽然不知道那个男人真正的企图是什么，可是母亲被骗却是不争的事实。国丸想，如果不做些什么，母亲就会陷入不幸的深渊，为此他苦恼万分。

15

闹钟响了。

国丸突然睁开眼睛，望着天花板。他看得很清楚，现在不是黎明，天色很亮，太阳已经升高，早已到了该起床的时间。他缓慢地把手伸到头顶，摸索着按停了闹钟。

他磨蹭着在被窝里待了十秒左右，等脑袋清醒之后，双手用力伸到头顶，伸个懒腰，猛地坐起上身。他慢慢地交叉腿，盘腿而坐。令他感到惊讶的是，他今天早上头脑很清醒。黎明时也没有醒来，一觉睡到了早上八点。所以醒来才这么舒爽，心情好到想哼歌。

他伸出左手撑着墙，慢慢起身走到窗前，打开窗帘。阳光直射进来，真是个好天气。他首先查看月牙锁，却发现上锁状态完全没有变化，触摸把手，发现锁上得很紧，不像可以轻易打开的样子。也就是说，一切跟睡前一样，丝毫没动。

他离开窗户，抬头查看头顶上穿墙而入的石头鸟居。他看到布袋神面带微笑，朝向前方，保持昨晚的姿态，位置也丝毫没变。它的状态就跟昨晚一模一样。

然后，他去上厕所、喝水、冲咖啡，还用吐司机烤了面包片。在狭窄的厨房隔板间的洗碗池前面，放着一组很小的桌椅。

他把咖啡杯放在桌子上面，把黄油涂在面包上，吃了起来。

他咀嚼着面包，喝着咖啡，想起了很多事情。首先想起的是母亲。昨天晚上，他想了很多小时候的事情，想着想着不知什么时候就睡着了，然后一觉睡到早上八点。很久没有睡这么好了，丝毫没有觉得入睡困难。

他喝着咖啡继续思考。之前为什么一直睡不好，而今天为什么完全没事，难道是因为身体状况比较好吗？回想一下，昨天干了比平时更累的体力活，坐着小卡车往返去了大津，所以比以往更累。正因如此，昨天才睡得熟吗？

或许真是因为这样，可这个理由又有些漏洞。因为在那些睡眠很差的日子里，也出现过疲惫不堪的情况。就算很累，也还是会出现睡不好、凌晨醒来的情况，这又是为什么呢？

他来到窗前往下看，还未开门营业的章鱼烧店前吵吵嚷嚷地来了很多孩子。看上去像是人没到齐，大家在等人。

组织者是一位母亲，她在向大家询问着什么。这时，玻璃门开了，澄子拉着小枫的手走了出来。看到这一幕，国丸连忙跑到门口，穿上鞋飞奔到走廊。

然后，他跑下楼梯，来到街上，小跑着绕到鸟居下面。他来到集合在此的小学生面前，向带队的学生母亲和澄子点头致意，然后站在了小枫前面。

"小枫！"

看到国丸靠近过来，小枫笑着抬起头，表情仿佛在问他"什么事"。

这时，带队的家长说："小枫，你该说早上好吧。"

小枫听到后说："早上好！"

国丸也点头回应道："早！"

然后他紧接着问:"小枫,你昨天睡得好吗?"

小枫用洪亮的声音回答道:"睡得很好。"

国丸说:"是吗,那太好了。"

一旁的澄子也附和道:"真的,好久没睡这么好了。"

"我也是。"带队的母亲也回答道。

"今天真是神清气爽呢!"澄子又补充道。

带队的女士说:"准备好了的话,大家出发吧。"

孩子们一个接一个迈步前行,齐声说:"我去上学了。"

国丸和澄子挥着手,回应道:"路上小心。"

看着孩子们的背影,澄子又重复道:"今天早上真的睡得很香。"

国丸能感受到,她这句话不是被迫说出的,而是发自内心的。

国丸询问道:"那昨天晚上和前天晚上睡得怎么样?"

澄子摇摇头说:"昨天和前天晚上都没睡好,半夜醒了两次。"

国丸呆立在原地,陷入了思考。果然没错,和自己一样,很明显有什么原因,大家都因为同一个原因引起了睡眠障碍,可到底是什么呢?

"国丸君,我还得做一下开店准备,就不跟你多聊了。"澄子说着便打开玻璃门进去了。

"嗯,好的。"国丸回应着,站在原地,陷入了思考。这到底是怎么回事?这一切究竟是什么原因导致的?

他来到工厂,看到社长又睡在了楼梯下的休息室。他早晨还在想不知道社长会不会来工厂。因为昨天刚交完一大批货,今天没有什么需要做的，也没听说接下来需要生产什么。

于是他决定收拾一下工厂。因为昨天已经打扫过了，所以剩下的就是整理一下生产工具。他把工具收到箱子里，叠放在墙边，然后环视四周，注意到左手边的鼓风机。

因为昨天晚上没有需要冷却的产品，所以铁丝网中的大电扇没有开，装在墙上的换气扇也没开。夏天地下会聚集很多热气，不开换气扇受不了，可现在是冬天，所以不需要开。

鼓风机……

不知为何，总觉得有点奇怪，国丸盯着静止不动的四片风扇叶。因为完全没打扫的缘故，大扇叶上落满了棉絮。

这个大鼓风机是今年年初社长从外面弄来的，之前一直用普通家用电扇，风量小，不划算。他打开开关，蹲了下来，让风迎面吹来。风声掩盖了机器转动的声音，但只要站在一旁，就能听到。他伸手触摸风扇前面的金属网，发现它在轻微地振动。鼓风机运转了一会儿后，他站起身来，把手放在后面的发动机上，振动更加明显了。凑近听，还有很大的马达声。

就这样听了一会儿后，他关掉电源。于是，振动声也慢慢消失，周围一片寂静。这附近一带，没有汽车驶入，并且不像锦市场商业街那样游客众多，所以机器停止转动后就变得非常安静。

突然咔当一声响，国丸的思考被打断了。好像是门的声音，社长醒了。他拿着一摞文件出现，手里翻看着文件朝国丸走来，交代了今天的工作。于是国丸决定开始工作。

他看着社长拿来的文件，点点头，看到收货方的公司名称，是很熟悉的地方。那是一家名古屋工厂订的零件，之前合作过好多次了，所以他对这笔订单的情况很了解。

社长做完指示后，转过身露出他肮脏的后背，慢腾腾地去洗手间洗脸。跟往常一样，他漱口声很大，吐痰动作也很夸张。漱洗完毕后，他懒懒散散地参与到工作中来。早上的问候招呼也不打，一言不发，很冷淡地直接开始工作。

而这正如国丸所愿。他不想说那些客套话，不想听对方抱怨，也不想配合对方讲一些无聊的闲话。

国丸默默地干活，不时回头去看看那台鼓风机。大型的扇叶，仿佛有光线照耀着一般，闪着淡淡的光芒，看上去就像在彰显自己的存在一样。

啊……鼓风机，他总是不自觉地感到很在意。

临近六点，他往旁边一看，发现小枫来到了工厂。因为这里很危险，所以平常父亲禁止她进入这里。今天趁父亲不在，她偷偷跑了进来。冬天还行，这里比较暖和，夏天则太热她不便进来。

小枫问道："还没好吗，国丸叔叔？"她知道国丸不会训斥她。

"嗯，还差一点儿，稍等一下。"国丸说着赶忙用戴着厚手套的手把铸造好的产品摆在了板子前面。然后迅速打开大风扇和墙上的换气扇。

一阵低沉的风扇噪声响起，开始吹着这些还带着热气的产品。

国丸确认过后说："好了，久等了。"然后迅速摘掉手套，放到架子上，带着小枫上楼梯，横穿马路，准备去大吉。这时小枫突然说她想吃鸡肉米饭，于是他们在大街上溜达，找到一家西餐店，走了进去。

两人吃完饭，去过笹屋，然后来到国丸家里玩心算游戏，他们一起喝茶吃点心，玩扑克。一直等到小枫母亲来接她，国丸跟她们说晚安道别。剩下国丸一个人后，他听听广播、看看杂志，无事可做，便铺床准备睡觉。

他换上睡衣，熄灭油炉。走到窗边确认好月牙锁后拉上窗帘，又确认好布袋神像的朝向，钻进被窝。最近，这一连串的动作已经成了睡前的习惯。

他闭上眼睛，又想起自己的父亲和母亲，虽然都是些不愿记起的回忆，可是最近不知为何总是想起这些。那是在一个傍晚，国丸正从学校回家的路上发生的事。他正朝着联排房屋往家走时，突然有人从背后拍了他一下，他回过头一看，原来是自己的父亲。

父亲跟往常一样，气色不好，表情阴沉，看不到一点笑容。国丸被吓得后退一步，他害怕父亲又来打他。虽然这时父亲脸上仍然没有笑容，可是他身上已经没了酒气。他看上去无精打采，整个人瘦了一圈。

不知道是因为现在在外面的缘故，还是他真的瘦了。以前父亲在狭小的房间里喝完酒总会骂骂咧咧，那时的他看上去就像一座山一样高大，给人一种动物似的威慑力，让人绝对不想主动跟他搭话。

"你妈还好吗？"父亲轻声问道。

国丸的第一反应是，这算什么问题？这种事用不着问我，直接回家看看不就知道了嘛。

父亲又接着问："信二，你们还好吗？"

国丸回答说："嗯。"然后父亲又问了一个让人出乎意料的问题。

父亲沉默片刻后问道："你妈还在生气吗？"

"嗯？"国丸不禁说道。对于这个突如其来的询问，他一时不知该如何回答。事后他又想了一番，也许父亲真正在意的是母亲有没有每天都说他的坏话。比如，你爸没救了；他不在真是太好了；他又爱喝酒又暴力，真的很讨人嫌等这类话。

当时没有感觉，其实令人惊讶的是，母亲并未提起过舍家而去的丈夫。国丸有些怀疑自己是不是忘记了，可仔细想想，答案还是一样，母亲一次都没谈起过父亲。

国丸记得当时自己回答："她没有生气……"可是，他回答的同时，又有些犹豫不决，不知道事实是不是这样。

母亲嘴上确实没说，平常也是笑容满面，总体看起来心情不差，所以国丸说母亲没有生气。可是母亲的内心情况就不得而知了，虽然没有说丈夫坏话，也不能说明她不生丈夫的气。

另外，对于当时还是个孩子的国丸来说，他猜想母亲心情不错是因为她有了新的男人，可这种事情又不能跟父亲讲。

可能是出于没有寄生活费的愧疚，父亲又问道："你妈有工作吗？"

国丸点头回答道："嗯。"

父亲静静地说："这样啊。"然后扭过脸去，不断点着头，两次、三次，接着四次、五次……国丸盯着父亲日渐憔悴的侧脸，感到有些不可思议。以前在一起时，不曾见过父亲如此深思熟虑的样子。他总是还没思考就已经开始大喊大叫或动起手来。

"你妈在哪里工作？"

国丸回答说："在一个什么事务所……"

"在哪里？具体做什么的？事务所叫什么？"

面对这一连串的提问，国丸装作不知道的样子。其实他知道事务所的名称，可是他觉得不告诉父亲比较好。如果父亲喝醉酒去捣乱，招来麻烦就不好了。

于是战战兢兢地回答说："我不知道，没听妈妈提起过。"

本来他还提高警惕，担心父亲听到自己的回答会暴跳如雷，说自己一个孩子干吗这么疑神疑鬼，然后上来打自己。不过幸好是在外面，父亲没有那样做。

他竟然又突然问："你妈有男人了吗？"

这显然出乎了国丸的预料，没想到父亲竟然问孩子这样的问题。虽然国丸感觉父亲的直觉很厉害，可是自己又不能说实话。

一阵沉默过后，父亲开始窥探国丸的面部表情。国丸努力保持一张扑克脸，这样一来父亲也只好扭过脸去。

"这败家娘儿们，她要敢找男人，我就跟她没完。"父亲低声怒吼的声音很瘆人，让人感觉毛骨悚然。因此，国丸下定决心，不管这件事今后发展成什么样子，他都会将此事隐瞒到底，绝对不会讲出来。

他想起父亲当时咬牙切齿的侧脸。如今国丸长大成人，还是不能理解父亲当时到底是怎样的一种情感。他之所以问母亲是不是还在生气，也就意味着他知道这一切都是他的粗暴行为造成的。对于自己身边没有女人的状况，从他的表情能看得出来，他已经彻底放弃了。

这种一脸穷酸相的男人是不可能找到新的女人的，所以他才会觉得自己一个人无所谓，可是却不能容忍自己的老婆另寻新欢。国丸不能理解父亲咬牙切齿对自己妻子骂骂咧咧的行为。

国丸不明白其中的道理，至今也不明白。父亲离家出走了，难道不是因为厌恶老婆吗？对于这种无聊的女人，就算她另寻新欢，难道不应该觉得也毫无关系吗？

既然这么在意，那就是还有留恋吗？或者说，之所以厌恶，就是因为她找男人寻欢作乐吗？其他的事都无所谓，唯独找男人寻欢作乐这件事不能容忍吗？

更何况，母亲找男人不是为了玩乐，而是为了追求更好的生活。妻子是因为他的酗酒和暴力而放弃了他，为了追求更好的生活而找新男人，父亲明白这一点，却还是不能容忍自己的妻子找新的男人，这就不讲道理了。

他既然生气，就应该寄抚养费，这样才是合乎道理的。如此一来，母子二人才能生活下去，就不需要去找男人了。可事实明明是因为父亲的原因分手，而且分开后他不寄抚养费。等母亲找到了别的男人，他又来生气。他有什么理由生气？

或者说他根本不懂这些吗？难道是因为长期酗酒，导致思维能力受损，完全搞不清楚状况，想都不想就乱发一通脾气吗？或许不能高估了那些爱喝酒的人，他们可能大都是这样不讲道理。

半井社长大概也是如此。他经营一家工厂，至少曾努力工作，这一点他与自己的父亲不同，父亲只知道酗酒，整天游手好闲。社长觉得他的妻子不好，不理解自己工作的辛苦。可是这也不是什么正当理由，也就是爱喝酒的人乱发脾气，随口想出来的借口罢了。

那之后过了很久，母亲去世了。她被骗去当建筑工人，因为身体和精神的过度劳累，罹患癌症去世。她生前十分痛苦，在病痛的折磨下，她那爽朗的性格和灿烂的笑容一天天地发生着变化。父亲杳无音讯，母亲原本健康的身体竟也成了这副模样。而父亲那种表情呆滞爱喝大酒的人，估计也早已不在人世了吧。

中学时期，国丸受到了工艺课老师的表扬和喜爱，那是他自出生以来第一次得到认可。后来，他被介绍到川口的铸件工厂当实习生，并在那里勤恳工作了七年左右。有一天，工厂老板的弟子，也就是如今的社长，来找工匠，刚好当时国丸母亲去世，他便趁此机会搬到了京都，并在此生活至今。

说来也是不可思议。国丸在京都偶遇了跟自己母亲面容相似的女人,而且这个女人刚好跟母亲有类似的遭遇,她也站在了人生的岔路口,即将做出自己的决定。而这次那个男人竟然是自己,这是多么具有讽刺意味的事情。这个世界真是有趣又恐怖。

母亲蹲在地上,说她头好痛。她蹲在厨房洗碗池前的木地板上,那里光线很暗。国丸问母亲:"妈妈,不开灯吗?"母亲回答说:"不要开灯,不然头会更痛。"

母亲让国丸去车站前的药店买止痛药,于是他不顾夜色准备出门买药。这时,突然有个黑影挡在了大门口,他不禁"啊"地叫了一声。面前有两个身影,一位是父亲,另一位是母亲新交的男人。

国丸感觉事情不妙,他快被吓哭了。突然,他感到一阵剧烈的头痛,嘴里喊着:"好疼啊,好疼啊,我也头疼。"这时,他突然睁开眼醒了过来。

首先映入眼帘的是漆黑的天花板,然后是熄灭的荧光灯。他首先想到的是:好黑呀!四周还是一片漆黑。

天还未亮,他知道自己刚才是在做梦,还是个不好的梦。在这个时候醒来也好,如果继续在梦里,故事肯定没什么好结果,还好没有看到他们争吵打斗的场面。他放下心来,翻身侧躺。

这时他突然意识到一件事,于是彻底醒了。今天又醒了,没有一觉睡到天亮。他猛地坐起。

这跟预测的一样。国丸想起昨晚自己预测的话:"今晚睡不着吧……"昨天就寝前就想着第二天来验证此事。

结果他预测准了,果然中途就醒了。他按着脑袋,这一幕跟梦中一模一样,头痛。而现在的自己跟梦中有些许不同,他没有感到剧烈头痛，与其说是头痛，倒不如说是脑袋沉吧。

他看了一眼枕旁的闹钟，现在是五点半，比前天多睡一个小时。从就寝时间来算，睡了大概有七个小时，可还是感觉很不舒服，身体的疲惫感一点也没消除。

他晃了晃沉重的脑袋，朝鸟居上的布袋神看去。他必须要确认布袋神的情况，而现实让他倒吸一口凉气。果不其然，布袋神背过身去了。虽然没有完全背过身去，但基本上已经完成了向后转的动作，位置也有所下降。它沿石头鸟居上的斜坡往下，朝墙的方向后退很多。

这到底是怎么回事？他的思维一片混乱，头脑尚未完全清醒，感觉自己还在梦里一样，头微痛，很难做到冷静思考。

他伸手扶墙，支撑着上半身慢慢起床，不料在被褥上跟跄了一下，身体受到了损伤。可见睡眠对人是多么重要。

然后，他走到窗前，拉开窗帘。冬天的黎明来得晚，尽管玻璃上白雾蒙蒙，依然可以看到外面是漆黑一片。

紧接着，他去查看月牙锁。虽然黑暗中看不太清楚，可当他把手指放在握柄上时，嘎吧一声锁开了，毫不费力。月牙锁在他触碰之前就已经基本处于打开状态了。

昨天晚上明明锁好了，这一点毋庸置疑。当时他转动半月环，并用力将其推到了卡槽里。可现在半月环明显朝外又转了很多，眼看就要打开了。

他一把推开窗户，一阵冷气迎面扑来。国丸呆呆地站在那里，凝视前方。

面前是一条不可思议的狭窄空中道路，其实就是鸟居的顶部。这条道路通向参道对面的房子，一面白墙。这就是鸟居穿墙而过的另一家，澄子和小枫居住的房子。

国丸的脑海里突然闪现了一个奇怪的想法,他记得对面房子的窗户使用的也是老旧的月牙锁。

这样的话,对面房子的窗户锁,现在应该也处于差一点就打开的状态吧。

不对。二楼商店的售货员说那里的窗户锁很紧,每天都要上润滑油。这样一来,就和自己房间的窗户不一样了,对面房子的锁更灵活,更容易转动,现在是不是已经处于打开状态了?

自己这边的窗户锁是开着的,那对面的锁不也应该是开着的吗?面对脑海里突如其来的奇怪想法,国丸大受震撼。他站在十二月的漆黑与寒冷中,不断思考着,任凭脸颊和脖子被寒冷的空气侵袭。

这未解之谜的答案即将浮出水面,有个巨大的旋转物体,伴着轰鸣声旋转起来,这声音就像幻听一般。他激动得坐立不安。

国丸一下子转过身来,回到自己的房间。然后蹲在尚有余温的床上,耳朵贴在旁边的墙上,却什么也感受不到。墙壁冰冷又安静。

他起身在房间里来回转悠,把耳朵贴在墙、门、柱子、柜子上。可是,不论他怎么调动五官,都听不到任何声音,也感受不到任何异常。

国丸靠近穿墙而过的鸟居,最后将耳朵贴在这个石头上后,令人震惊的事发生了。

他听到某种非常微弱的声音,是种潜伏在宁静夜晚的低沉嗡嗡声。

国丸回到窗户旁边,跨过窗棂,来到屋外。窗户下面是一楼的房檐,这是他之前就知道的。他站在上面,紧接着爬到鸟居顶部,跨了上去。

天就快亮了。此刻下面的参道没有行人,所以他才敢如此冒险。虽然可能会遭到报应,可是为了这个世界,为了世人,他甘愿冒险。于是在寒冷的冬日,他跨坐在鸟居上方,一点点挪动着前行。

等走到鸟居中央时,他停下来,上身前倾,耳朵贴在石头上听。果然,他听到了一阵低沉的声音。在黎明的寂静中,这声音格外清晰。他被吓到了,心想这到底是什么声音?

他不在意弄脏睡衣,就此抱住鸟居,静止不动。然后,伴随着那声音,他感到石头鸟居传来轻微的振动。

在寒冷的空气中,国丸站在空中自言自语道:"这是振动吗?"

片刻后,国丸继续前行,来到小枫房间的窗户前。大半夜的跑到这里来,他要确认一下才行。

于是,他右手扶墙,左手伸向玻璃窗——按理说窗户上的月牙锁是锁上的——他用左手的手指轻轻一推,玻璃窗竟然悄无声息地开了。

国丸放心了,这跟预想的一样。对面涂了润滑油的月牙锁已经解开了。所以,这扇窗户才会一推就开。

国丸在鸟居上发呆,眼前的事实让他难以置信。

16

国丸回到房间，躺在被窝里思考，突然他察觉到了事情的异常。如果早上发现窗户的锁是打开的，那店里难道不会产生骚动吗？但他转念一想，又觉得事情也许跟想象的不一样。或许上早班的女店员以为窗户是澄子打开的，而澄子发现后又会觉得是上晚班的女店员忘锁了。既然这样，她睡前亲自走过去确认一遍就没事了。澄子是个神经比较大条的女人，再加上最近人手紧张，就算她有怨言，也不会这时候讲出来。而且这件事涉及三个人，现在不好追究具体是谁的责任。

国丸决定先做个实验。次日傍晚离开工厂时，他关掉工厂里用来冷却铸件的大型鼓风机与换气扇，然后回到自己的房间睡觉。如他所料，次日清晨鸟居上的布袋神丝毫未动，自己也睡得很香。

为了能早日交货，半井铸件厂会给铸造好的产品彻夜吹风。到了第二天早晨产品冷却完成，就可以直接交货。也就是说，有时候会整夜开着鼓风机。只有在这样的夜晚，布袋神像才会动。

"我知道了，"国丸自言自语道，"是鼓风机。"最近，让锦天满宫附近居民产生不明原因的失眠问题的罪魁祸首远在天边，近在眼前，它就在自己工作的工厂，而且每天开闭电源的正是自己。

但是，有一点还没有搞清楚。为什么鼓风用的风扇会让镇上这么多人失眠，还会让自己房间的布袋神转半圈呢？还有人说家里的牌位背过身去了，这大概是同一种现象吧。出于同样的原因，佛坛的牌位转了半圈。

这让整日冥思苦想的国丸大吃一惊，难道……不是风扇旋转导致的，是给风扇旋转提供动力的发动机导致的？

不对。或许它们是相辅相成的，强有力的发动机和旋转的大型风扇组合在一起导致了这些现象，应该把它们看成一个整体。鼓风机的中轴没有在正中央的位置上，发动机也是同样的道理。使用时间越长，轴的位置就越偏，因此就会产生振动。毕竟这个大型鼓风机已经用了好多年头了，是个很有年代感的东西。

换气扇也是个古董，圆铁罩上布满了油污，晃晃当当很是陈旧。是这个松动的铁罩产生的振动吗？

他把手放到大型鼓风机的发动机上，能感受到振动。把耳朵凑上去，能听见低沉的嗡嗡声。这声音和振动，跟他在鸟居上听见的微弱杂音很相似。

也就是说，所有现象都是振动导致的。人体不能感知的细微振动使得布袋神和牌位悬起，从而发生了旋转和位置变化，甚至影响附近居民的睡眠。听说涂满漆的牌位，底部中心会逐渐鼓起来，这样出现振动时，牌位就会以此为中心进行旋转。

事情大概就是这样。夜晚，人体感知不到的微弱振动传遍整个锦天满宫地区，并一直持续到第二天早上。

国丸坚信自己的分析，他虽然也会出现睡不好的情况，可是还没有严重到生病。敏感的人可能会因为持续感受到这种细微的振动而彻夜难眠，这种不适感带来严重的精神创伤，进而产生幻觉和强烈恐惧等精神障碍类疾患。

这些分析看似都有道理，可是还有一些不明白的地方。国丸在房间里的鸟居上放置的东西有时候会动，有时候不会动。不仅关掉风扇的时候不动，而且有时就算打开风扇，它也不一定会动。这又是为什么？唯一可以确定的是，关掉风扇后，布袋神一定不会动。

国丸想到这里又吃了一惊。工厂里有个大型鼓风机，还有一台安在墙上的老旧电风扇，难道是因为这里一共有两个风扇发动机吗？

工厂通过换气扇把囤积的热气排到头顶的路面，否则到了夏天，工厂内热气太多，无法长时间工作。只有晚上回家时把墙上的换气扇和冷却产品的鼓风机都打开，国丸房间内放在鸟居上的布袋神才会动。

奇怪的事情还有很多。难眠的事情暂且不谈，国丸房间里只有放在鸟居上的东西动了，而放在榻榻米、衣柜上的东西以及厨房水池旁的东西都没动。这又是为什么呢？

难道是因为它们移动的幅度很小而被忽略了吗？可为什么只有石头鸟居上的布袋神像动得那么明显呢？

如果这一切都是鼓风机和风扇造成的，那么归根结底要怪这座古城的城市化进程太快了。就比如说，这座石头鸟居的左右两端在建筑物中穿墙而过，同样道理的还有铸件工厂，它位于繁华街道的正中心，看起来也有些不合时宜。社长现在已经五十岁了，他当初开设工厂时才二十几岁，据说当时这一带还很冷清，不像现在这样繁华。

如今，锦天满宫和本能寺这样的景点，就像商业街的店铺一样，它们是不可能搬走的，而铸件工厂已经到了该搬到郊外的时候了。深夜里，冷却风扇在城市正中央产生振动，给整个城市的居民造成了困扰。

可是，地理位置还不能解释全部问题。因为在与工厂仅有一路之隔的对面也有居民居住，并没有听他们抱怨过睡眠问题，而像国丸这样住在离工厂稍远处的居民却一直在抱怨。因此半井工厂才能在争议声中逃过一劫。

国丸深入调查后发现，貌似只有住在锦天满宫鸟居附近的居民才会抱怨，这到底是怎么回事呢？

鸟居……为什么偏偏是鸟居？国丸陷入了思考。

是什么导致国丸房间里移动的只有鸟居上放置的东西呢？到底是为什么？

社长突然在二十一号当天宣布放假，受到订单减少的影响，工厂里无事可做的日子开始多了起来。

就算是放假，社长也无处可去。他把一台旧电视搬到休息室，躺在床上整天看电视。如此一来，国丸在工厂待着也别扭，只好到街上闲逛。这个时间小枫也还没有放学。

国丸突然想到了什么，朝图书馆走去。在图书馆里，他来到自然科学类图书的书架前，把关于振动的书籍拿出来叠放到桌子上，然后坐在椅子上开始一本本地读起来，每一本都很感兴趣。突然他看到"共振"这个词，并且成功被它吸引了注意力。他埋头阅读相关内容，感觉这就是他要找的答案。

共振的定义是：振动的物体与外部振动出现同步时产生更大振动的情形。

上面还写着：从外部将与物体固有振动频率相同的振动加给该物体时，振幅变大的现象，在声学中常称为共鸣。

或者"向振子等发生振动的物体周期性施加外力时，其振动频率越接近该物体的固有振动频率，外力做功越能被有效吸收，物体的振动也越剧烈。这种现象也叫作共鸣。

将两个振动频率相等的音叉并排放置，把其中一个弄响后，另一个也开始发出声音。这就是共鸣的一个例子。小提琴等弦乐器就是通过琴身共鸣箱产生共鸣，从而提升音效。

还有，地震的时候，当地震波的频率和建筑物本身的固有频率一致时会发生共振，使得振动更剧烈，从而带来更大的损害。

书上还介绍了楠木正成儿时的趣事，他的乳名叫多闻丸，有一次他看到寺庙里的大挂钟在轻轻晃动，虽然当时他还小没有力气，可是他在挂钟向外晃动时，就顺着挂钟晃动的方向用手指推挂钟，如此重复多次，挂钟最后晃动幅度非常大。

还有一件真实发生的事件。建成不久的铁桥，在竣工庆典上，军队步伐一致地从桥上经过时，桥开始剧烈晃动，最终发生了垮塌。

这两个事实是同一种现象，挂钟与桥都有各自的固有频率，多闻丸通过手指，而军队通过众人的步伐加大了振幅。挂钟的振幅加大是有意而为之，而军队的步伐跟桥的固有振动频率相同是偶然事件。

这种外力不限于上述的手指或步伐，如果有跟挂钟或铁桥固有振动频率相同的外部物体振动，包括声音振动，也会造成相同现象的产生。通过施加具有相同固有振动频率的外力，不论物体大小，都会使振幅增大，甚至引发让人意想不到的现象。

书上还介绍了一个典型的事例，说有位女性可以用声音震碎玻璃杯。首先轻轻敲打玻璃杯使其发生轻微振动，然后用相同固有振动频率的人声引起共振，再用声音不断增大振幅，最终使其破碎。

国丸思考着,像建筑物和桥这样巨大的物体也有它们固有的振动频率吗?那跟地震波产生共振这种小概率事件也是可能发生的。陷入思考的国丸在图书馆有些恍惚,也就是说世界上所有事物都有固有振动频率吗?

他继续思考着,其中最能抓住他好奇心的是小提琴的琴弦与琴身之间的关系。小提琴是内部中空设计,只要设计出与琴弦有相同的固有振动频率的琴身,振动由琴弦传至琴身,两者共振,就能使悠扬的琴声响彻整个音乐大厅。

国丸从中受到了启发。半井铸件工厂的大型鼓风机和墙上的旧换气扇,这两个旋转物体也有固有振动,或许碰巧有另一个具有相同固有振动频率的物体,而这个物体就在工厂附近或者镇上稍远些的地方。

没错,正因如此,振动的受害者才不在工厂附近,而是在稍远些的地方。那么,这个在距离工厂稍远些的地方,而且拥有相同固有振动频率的物体到底是什么呢?

"是鸟居!"国丸在心里惊叫着,就是在锦天满宫参道上的石头鸟居。

他有些怅然若失,这是一个人找到正确答案时的孤独与空虚。

这答案出乎意料,竟然近在眼前,两者都悄无声息地存在于触手可及的地方。

国丸居住的公寓里发生的怪事就是这座鸟居造成的,是鸟居让布袋神像半夜里转半圈,还让自己入睡困难,反复做些小时候的噩梦。

而同一个公寓的其他居民,则有的家里佛坛牌位转了半圈,有的产生幻觉,甚至产生了精神障碍。

这是因为石头鸟居和半井铸件厂内的两个旋转物体的固有振动频率刚好一致，或者是非常近似，所以鸟居有效地吸收了这种力量，从而产生了共振和共鸣。紧接着，这种振动使得与鸟居相连的两座房子也产生了振动，因此产生了这种怪现象。

国丸回到家，打开窗户，看着鸟居顶部和对面澄子与小枫的家，独自沉思。

他心想，这太有趣了。伫立片刻后，脸上逐渐露出了笑容。如此一来，岂不是只要下班时打开工厂的鼓风机和换气扇，就可以在晚上像过桥似的从鸟居上爬到澄子家里了？天亮时，神不知鬼不觉地从窗户进入对面的房子里，结束后再悄悄地回到自己的房间。

没有人会想到从鸟居上往返两地，用这么奇怪的方式出轨，还真是前所未闻。最近，社长被妻子赶出家门，住在工厂的休息室里，所以没有人来妨碍他们。

与此同时，国丸发现自己面前呈现了一个更加重大的事实，使从不信神的自己，都相信这是神的指引。

可是，自己发现的事实真相要不要告诉这里的居民呢？这是个值得思考的问题。如果居民们知道了事情的真相，就一定会要求关掉风扇。这会给工作带来不便，所以社长会强烈反对的。即便没有这件事，工厂也濒临倒闭，如果关了冷却电扇，对工厂打击会更大，一场严重的纠纷也就近在咫尺了。

国丸纠结良久，第二天他只把自己查明的事实真相告诉了半井社长一个人。因为是社长命令他去调查的，所以他觉得汇报成果是员工的职责。当然不可否认的是，这是自负和骄傲的心理在作祟，毕竟这是自己一个人调查清楚的。事实证明，国丸还是太年轻了，后来这件事让他后悔终生。

社长听到报告后惊讶地呆立在原地，片刻之后，他扭过头来叮嘱国丸不要告诉其他人。

国丸没有多想便点头答应了，因为他已经想到社长会这样说。他以为社长是出于对公司的考虑，因为一旦町内会下令停止使用风扇，就会对工厂造成很大影响。而实际上社长的想法并非如此。

17

平安夜的前一天，也就是十二月二十三日午休的时候，国丸从工厂出来找小枫。因为工厂断断续续有订单进来，他一直忙着工作。国丸从寺町商业街进入参道，来到澄子的章鱼烧店所在的那条路，他在这里找到了小枫。

她端坐在水泥地上，把装有章鱼烧的竹船盒子放在长凳上，正用牙签叉着吃。长凳平常是客人在等章鱼烧烤好或者吃章鱼烧时坐的，因为小枫当时还小，长凳上的章鱼烧比她的嘴都高，所以她始终用力往上抬着下巴。

突然，国丸感觉糟糕，内心被某种感情击中了。他背过身去，逃离了现场。他回到寺町商业街，躲到没有行人来往的小巷里，用手扶着湿湿的墙壁。这个小巷宽约一米，平常只有半井家才会使用。

他的眼泪不受控制地夺眶而出，然后他把额头缓缓地贴在灰浆墙上，开始思考。国丸问自己，为什么，这到底是为什么？为什么看到小枫坐在水泥地上就着长凳吃章鱼烧，自己的内心会大受冲击，眼泪夺眶而出呢？他百思不得其解。

这对小枫而言无疑是再普通不过的日常，可对于国丸来讲，这是一个让人止不住流泪的景象。

国丸在小枫身上看到了自己的影子，想到了自己曾经的痛苦经历。小时候他真的很痛苦，没有大人可以商量，学校的老师也根本不靠谱，就连负责小城事务的大叔，也只关心比他棒球打得好的小伙伴。

　　最不靠谱的是自己的母亲，这让国丸很痛苦。她一点也不温柔，对事物的理解总是令人失望，大条又不细心，一切都是那么不着边际。让国丸头疼的是，平常母亲都是笑盈盈的，可是面对自己的时候要么带有攻击性，要么就抱怨个不停。

　　国丸一直在想，自己也没有给母亲添麻烦，母亲讨厌自己吗，或者她天生对事物的看法有偏差？她没有感情，又或者她脑子不好使吗？

　　难道是因为自己学习成绩不好吗？或许母亲对这件事不满意。国丸因此总是孤单一人，在班级里，有时他也会想出别人想不到的好点子，受到老师的表扬。但较为出色的表现也就这些，他不爱学习，成绩没有其他同学好。

　　成绩不好就得不到老师认可，体育不好就交不到朋友，两方面都差的孩子基本就会被孤立。因此，国丸没有好朋友，基本上都是一个人对着墙扔球，或者坐在河岸上眺望小河。

　　国丸在小枫身上看到了过去的自己，可他不愿意这样想。他不想出于对自己过去的怜悯而去关怀这个孩子。他只想努力成为小枫眼中的一个善解人意的大人，他不想让小枫也经历相同的痛苦。

　　国丸认为自己了解小枫日常生活中的快乐与痛苦，虽然小枫不把这些挂在嘴边。尽管如此，国丸认为只要想起过去的自己，就可以洞察小枫的心理。而且，亲眼看到她的脸，就大概能知道她在想什么。

可有些时候，还是冷不防地会出现超乎想象的心灵冲击，而且完全不能预测。为什么会替她悲伤，为什么看到那种情况就会流泪呢？

国丸努力不让自己产生可怜小枫的情感，因为他小时候最讨厌"可怜"这个词。他不想让自己堕落，不想像阿姨们一样带着一副施舍的样子，展现优越感。那种傲慢的态度对于开朗努力的小枫来说是不礼貌的。

可是刚才自己是不是不由得认为那孩子可怜了？生活贫困，缺乏父母关爱，没有朋友，即便如此，还能乐观面对。看到那孩子的行为举止，自己刚才在这种堕落感情的束缚下流泪了吗？国丸在自我反省。

国丸难以容忍自己分不清感伤主义和低级的自恋，那种觉得自己很可怜的、俗气的多愁善感，可能过去自己就是因此才饱受折磨的。

事情还没弄清楚，总之刚才在突发情感的支配下，没能阻止泪水涌出。虽然不知道这种感情从何而来，但可以确认的是这种感情很痛苦，痛苦得不得了。有时看到小枫会伤心痛苦，而这种感情跟自己小时候的记忆无关。

国丸独自一人去高岛屋商场，给小枫买她想要的大型过家家玩具，店员将玩具包好后系上丝带，还给了他一个信封。信封里是用塑料袋装着的一些像小石子的东西，还有一张纸写着"圣诞老人收"。信封背面写着："用真挚心意，换孩子笑容。谢谢！"

国丸还是有些犹豫。尽管他知道小枫孤独无助，生活也不充裕，可他并没有资格去同情或帮助小枫。因为他清楚地知道，自己只不过是住在对面的毫不相干的二十五岁青年。小枫的问题说到底是她父母的问题，国丸无权干涉半井家的家务事。

然而，当他看到小枫端坐在水泥地上，一个人默默地吃着放在板凳上的章鱼烧时，他意识到自己再也不能视而不见了。

国丸暗下决心，自己要成为小枫生命中第一个圣诞老人，不管发生什么事情，这件事做定了。仿佛冥冥之中自有天意，神灵告诉他用自己的鸟居放手去做。想到这里，他的内心豁然开朗。同时他自问自答，一切准备就绪了，难道要眼睁睁地错失机会吗？答案是显而易见的，当然不能放弃。如果放弃的话，将来肯定会后悔。

一般情况下，圣诞老人是只有孩子的父母才能扮演的角色。因为房门上锁后，外人是不能随便出入的，更何况要把礼物放在孩子熟睡的枕边，这就更难了，所以一般只有骨肉至亲才能做到。

如今，国丸已经掌握了出入半井家的方法。只要他下班时把工厂的两台电扇打开就可以了，这样他就可以在凌晨奇迹般地拥有通往小枫枕边的桥梁。

要是没有发现这个神奇的方法，他早就放弃去半井家当圣诞老人的计划了。原本他想过把礼物交给小枫的母亲澄子，并请她代为转交。当时他想，如果澄子不答应的话，也只好放弃，毕竟不能强行去别人家。

如果澄子能接受国丸买来的礼物，那她自己就会扮演圣诞老人。可是因为丈夫强烈反对，所以她就不能扮演圣诞老人。

国丸对身为人妻的处境深有体会，因为他的母亲就是这样。一旦丈夫使用暴力，妻子这种生物就会开启自我催眠模式，明知道女儿说对圣诞老人不感兴趣是假的，可她还是会选择相信谎言。这种情形国丸见过很多次，母亲不可能猜不透女儿的心思，可是她们就是陷入这种难以理解的心理状态之中。国丸想，既然这样，可能只有让真的圣诞老人去才可以。

因为一楼卧室睡三个人太挤了，所以小枫现在一个人睡在二楼的小客厅里。夫妻关系破裂后，澄子有时也会在二楼睡觉，可这样一来丈夫就更不高兴了。因此小枫基本上都是一个人睡在二楼，这对国丸来说也是一件好事。如果孩子父亲躺在旁边就太危险了，也不能靠近枕边送礼物。

国丸的计划是这样的，他沿着鸟居进入对面房子的二楼后，回头将窗户的月牙锁锁好，同时把靠近寺町商业街一侧的窗户也锁上。然后，走进小枫的卧室，把礼物放到她的枕边。最后下楼从一楼的后门出来进入小巷。

后门如果是锁着的话，从外面只能用钥匙才能打开，而里面因为是按键上锁，所以只要转动把手就能轻易打开。

上锁时只要按一下按钮，然后把门关上就完成了，很简单。要想从外面再打开，就必须用钥匙才行。

然后，他再绕道去工厂把大型鼓风机和换气扇的电源关闭，回到房间，这样计划就完成了。如此一来，半井家二楼窗户的月牙锁也不会转动，直到早上，一直保持上锁状态。

也就是说，在楼下的门窗以及二楼的所有窗户都保持上锁状态的情况下，圣诞老人穿墙来到家中，把礼物放在小枫的枕边后离开了。并且半井家连烟囱也没有，这种事情只有真正的圣诞老人才能做到。

平安夜当天午休时，国丸在澄子工作的章鱼烧店周围徘徊，等待与小枫在此相遇。不久小枫出来了，国丸连忙从后面追上去。

"小枫，今晚圣诞老人会来找你哦。"

"真的吗？"孩子回头，两眼放光地问道。

"真的。"国丸用力点头回应，并且补充道，"圣诞老人道歉了，他说前些年走错路，忘记给小枫送礼物了，对不起。所以，期待明早的礼物吧。"他说完后立刻转身跑回了工厂。

傍晚时分，工作迟迟不能结束，临近晚上八点，终于下班了。国丸从铸型中取出风铃和茶壶放在板子上，把用来风干的大型鼓风机和换气扇打开后离开了。

如此一来，他就有了充足的理由打开风扇，而不是为了爬到半井家的二楼房间。如果没有风干产品的必要，住在休息室的社长可能会把鼓风机关掉。一旦风扇停了，他就进不去半井家了。

工作结束后，社长立刻一言不发地离开了，大概今晚又要去哪里喝酒吧。

国丸来到熟悉的定食店，吃过晚饭后，回到自己的房间。他朝墙边望去，看着自己给小枫买的礼物，躺在床上开始思考。

礼物上贴着一张纸，上面写着"小枫，之前没给你送来礼物，非常抱歉。——圣诞老人"。国丸清楚地知道小枫收到礼物会多么开心，因为他自己就有过这样的记忆。

就在这时，他听到微弱的敲门声，虽然他觉得很奇怪，但还是从床上坐了起来，看了看表，时间是十点多。因为不记得这个时间会有访客，所以他怀疑是有人敲错房门了，也就没有理会。

沉默片刻后，又听见咚咚咚的小声敲门声。

"谁啊？"听到回应后，门外有人说了句："开门。"是个女人的声音，听上去很小声。吓得国丸从床上跳下来，连忙跑过去把门打开。只见澄子站在外面，背靠柱子喘着粗气。

国丸问道："怎，怎么了？发生什么事了？"

澄子简短地说了句："让我进去。"仔细一看，发现她脸颊绯红，明显是喝醉了。她一下子撞到国丸身上，然后咣当一下倒在门口的榻榻米上。澄子身材胖胖小小的,倒在地上后短裙向上撩起,几乎露出整个大腿。

"我跟我老公分开了。"澄子倒在地上,喘着粗气说道。

"大吵一架后我去喝酒了。"很明显她喝醉了。

她接着说道:"我不想回家,让我住在这儿吧。"

看着澄子痛苦的样子,国丸把她抱到了床上。把她安顿好后,国丸用外套把给小枫的礼物盖住。送圣诞礼物这件事是国丸擅自决定的,澄子还是不知道为好。

国丸给澄子盖上被子后,她便闭上眼睛,发出平静的呼吸声,国丸以为她睡着了。他只好拿来两个坐垫铺在地上,准备将就一晚。因为他只有一床被褥和一条毛毯,所以他把墙角的油炉点上,好让房间暖和起来,这样一条毛毯也能睡。因为还没熄灯,所以房间还很明亮。

狭小的房间只有四张半榻榻米大,很快整个房间弥漫着澄子呼吸的酒气。看情况两人也不能进行正常对话了,国丸干脆靠在墙上开始想事情。正当他不知所措时,澄子开口了。

澄子问:"喂,怎么了?我给你添麻烦了吗?"

国丸回答道:"没有,怎么可能。没事儿。"

澄子又说:"我要跟我老公离婚。"

沉默片刻后,她又强调了一次:"你听到了吗?"

过了一会儿后,她说:"啊啊,好热!"看到澄子把腿从被子里伸出来,国丸想是不是应该把暖炉熄灭。

澄子的短裙似乎在被子里向上卷起,整条大腿露在外面,可以看到她的长筒袜和吊袜带。

她说:"这种男人,真是无药可救。亏你还能坚持这么长时间。管理二楼那家店太累了,阿姨们都不听我的。"

这一瞬间，国丸恍然大悟。因为早上二楼卖场窗户的月牙锁总是开着，所以澄子认为是上晚班的店员反复叮嘱也没用，总是忘记上锁。

国丸问她："喝水吗？"

"嗯。"她立刻回应道。

国丸很紧张，接水时感觉心脏都要从喉咙里跳出来了。他一个人住的时候曾经想象过澄子的裸体，如今的情形让他难以自制。国丸明白，要是澄子想要么做，他一定会把持不住。另一方面，他又想要进行反抗，因为他怕玷污了自己对小枫纯洁的感情。

澄子坐起来把水喝了，又说了句"好热"后，粗暴地脱掉了高领毛衣，露出吊带衬裙和文胸，以及丰腴的胸部。国丸抱怨道，为什么自己对小枫没有杂念的感情和对她母亲裸体的欲望不能分开发生，要是这两种感情在不同时间出现就好了。

国丸回想起刚才澄子那诱人的双峰，内心不禁蠢蠢欲动。可是，转念想起小枫可爱的笑容，刚才的欲望马上就消散了。令人难以置信的是，对母亲的感情与对女儿的感情无法并存。

最终，国丸抱住了澄子。这个瞬间对于国丸来说就像做梦一样，喜悦之情溢于言表。澄子的身体比想象的更丰腴，更年轻，而且激情又湿滑，一切都是那么超乎想象。国丸很惊讶，大脑一片混乱。

澄子反应很强烈，发出的声音令人担心是否会被人听见。她娇喘着反复确认国丸的感情，澄子说她以前就很喜欢国丸，而国丸也因为真的喜欢对方很久了，所以他也回应说喜欢。

"我们把小枫接过来三个人一起生活吧？"澄子喘息着问道。国丸不顾一切地点头同意，因为这种生活他已经幻想过无数次了，所以他没有任何异议。

凌晨两点，澄子起身坐在褥垫上。

"虽然我老公不会回来，可是如果邻居们看到我明天早上从这里出去，那就糟了。"澄子说着便赤裸着身子慢悠悠地穿上衣服站了起来。

"我会尽快找到房子，从那个家里搬出来，到时候你会来吗？"澄子抬头望着国丸问道。

看到国丸点头后，她满意地笑了。

"明天见！"澄子放心地朝门口走去，国丸跟过来送她。

突然澄子转过身，抱着国丸亲了一下，然后轻声耳语道："你好棒，感觉真好。"说完便走出房间，关上了门。

这一切都是按照她的计划进行的。她下定决心与丈夫离婚，然后带着女儿跟比自己小七岁的男人开始新生活。而今天晚上，她终于下了赌注，结果也如她所愿，一切顺利。

国丸站在窗边，看着澄子跟跟跄跄地回到对面的房子里。曾经他以为自己对澄子的憧憬是不应该的，而如今澄子已经属于自己。想到这里，一种幸福和喜悦之情就奔涌而出。

18

国丸一个人待在房间,接下来是他独自一人的时间,他振作精神。不能受刚才事情的影响,今晚的行动计划照旧。

褥垫上还有澄子的余温,他面朝鸟居的方向坐下,眼睛盯着上面的布袋神像。神像的位置已经向后挪了很多,凌晨之前会退到墙边,估计会背过身去,到那时就可以开始行动了。

国丸起身走到暖炉前把火熄灭,然后把天花板的灯也关闭。现在,这个房间和对面房子的所有月牙锁都在一点点地转动,天亮前应该就会彻底打开。黎明时魔法生效,那扇窗户和小枫的房间之间就会架起神奇的石桥,在那之前要先打个盹儿休息一下。

躺到床上盖上被子后,他感受到澄子身体留下的香水味和女人体液的微弱味道。他沉浸在刚才的兴奋之中难以入眠。

当看到澄子表现如此积极时,他有些惊讶。因为在他的脑海里,早已将澄子的形象叠加在母亲身上,所以才会惊讶于她作为女性的反应。在他的印象里,母亲是不会这样做的。难道母亲跟那位身材壮硕、面容姣好的男人也是这么激情,只不过自己不知道罢了?

一九五九年东京被选为奥运会举办地,母亲的工作也因此发生了变动。原本是办公室文员的她被调到现场当建筑工人,服装也变成了扎腿劳动裤、围裙服和登山帽的装扮。说是原来事务所的老板恳求她帮帮忙，等公司走上正轨了就调回来。

当时，为了举办东京奥运会，建筑公司喊着"通过突击工程，实现东京现代化"的口号，承接了建设地铁和公路、完善上下水道等许多奥运特需工程。东京大改造召集了全国的日薪劳工，昼夜不停地轮班工作，人手不足，导致像我母亲这样的文员都被迫参与进来。

当时，国丸已经搬到川口的铸件厂开始工作，留下母亲独自一人生活。出于担心，他也会经常回家探望。当时听母亲说，以通宵开货车的司机为主，有很多滥用兴奋剂的人。她到事务所上班发现，那些通宵工作回来的工人忙完后，没有回他们的家或者廉价旅馆，而是在事务所的角落里开始打麻将。时近中午，以为他们终于要回去了，哪想到他们竟直接去工作了。

到了傍晚，他们喝过烧酒后，又去通宵工作了。这种连轴转的工作模式，不使用兴奋剂绝对办不到。老板和周围的人对违禁药物心知肚明，可是事实又摆在面前，不用药物工作肯定完不成。

有一天，国丸注意到母亲有些反常。她眼睛发直，嘴里絮絮叨叨说些奇怪的话。好像忘记了眼前的人是自己的儿子似的，莫名说些与性相关的话。

然后用充满热情的语气说："如今我们要把东京打造成干净整洁的城市，让世界为这座先进城市感到骄傲；这是继战前的子弹高速列车之后日本人一直怀有的梦想，我们是久经贫困的战士，终于要实现我们多年的梦想了。"母亲一改往日轻浮的样子，这让国丸听得云里雾里。他怀疑这些话都是那个男人说的，母亲只是原封不动地复述了一遍。

之后连续数日，母亲都是一脸疲惫、满身是泥地回到家，连饭也不做，倒头就睡。国丸因为担心母亲，所以一有时间就回家看看，有时还会去车站前的面包店里给母亲买面包。

有时母亲似乎整晚没睡，现在回想起来，当时很有可能是那个社长给母亲注射了兴奋剂。

很显然母亲被骗了。本来是为了跟那个男人开始新生活才去忍受劳工生活的，但她不知道社长竟然有别的年轻女人，他只把母亲当作一个劳动力罢了。

有一天，母亲说她拿到了东京奥运会开幕式的门票，兴高采烈地来到儿子在川口的员工公寓。

"好开心啊！是奥运会的门票哦，信二。你跟我一起去看吧！"

母亲大声地分享她的喜悦，然后突然站起来，唱着当时的流行歌曲。

后来的一段日子，母亲每天都期盼着早点儿看到奥运赛场，怎料不久便生病卧床不起了。那个男人到医院掏了住院费后，就再也没来过家里，看样子是已经放弃母亲了。于是，国丸在川口租了一间公寓，他让母亲辞去工作搬来和他一起生活。

母亲每个月都会头痛一次，每次她都在房间里疼得打滚，痛苦不堪。而国丸每次都跑到药房去买母亲说的那种头痛药。

如今回想起来，那可能是兴奋剂的副作用，每次月经时都会头痛欲裂。虽然母亲不可能多次使用兴奋剂，可是即便如此，也可以看出兴奋剂给人类，特别是女性带来多大的伤害。

那是他最痛苦的时期，父亲依旧下落不明。可祸不单行，母亲被查出得了癌症。医生悄悄告诉国丸，已经是癌症晚期，时日不多了。母亲说要跟之前交往的社长商量，国丸却充耳不闻，因为他知道男人只会觉得这是个累赘。而且，那个社长在骗母亲，更不会因为一个女人生病了就过来关心。母亲至今不知道真相。

实际上，母亲曾经把搬家后的地址告诉过那个男人，结果可想而知，没有收到任何联系。国丸不知道在之后与病魔抗争的日子里，母亲有没有意识到自己被男人欺骗了。

闹钟响了，现在是早上四点半。国丸睁开眼，坐起身。他起床时心里想着，即便自己房间的窗户锁没开，小枫家窗户上的月牙锁也应该开了。

自己刚才睡着了吗？本以为睡不着，可还是习惯性入眠了。他用手扶着墙慢慢起身，靠近石头鸟居，发现布袋神像已经挪到墙边了。

他来到窗前，打开窗帘，月牙锁基本上已经开了。没有加润滑油的锁已经达到这种状态了，那对面的锁应该已经完全开了。

国丸去门口把鞋拿过来，回到窗边打开窗户，一阵刺骨的寒气涌进房间。他弯腰掀开外套，把给小枫的礼物夹在手臂下。然后坐在窗框上穿上鞋，跳到一楼的房檐上。今晚，通往锦天满宫的参道上没有人影，附近的居民也都睡得正香。

他将礼物夹在腋下，跨到了鸟居上面。为了不掉下去，他保持这种安全的姿势，一点一点地挪动屁股，慢慢地在鸟居上前行。

他经过参道上方，来到小枫卧室的窗户旁，然后用手扶着墙，伸出左手，手指放到窗户的玻璃上，用力向旁边一推，窗户动了。果然，窗户是开着的。

国丸小心翼翼地把窗户完全打开，再慢慢地挪到窗框上，伸腿跨进了室内。这是二楼的卖场，里面光线昏暗，摆满了T恤、发带、廉价颈饰、项链等商品。在这寂静的黎明，国丸就站在卖场里铺着亚麻油地毡的过道上。

他转过身轻轻地把窗户关上，转动月牙锁，用力将窗户锁上。然后慢慢地朝里走去,来到小枫的起居室外。他轻轻打开门,看到熟睡着的小枫,她用被子蒙住了鼻子,看起来十分可爱。

国丸把礼物轻轻放在榻榻米上,然后不作声响地把门关上离开了。因为他的行为跟小偷没有两样,如果被发现了势必会招来警察,所以他的动作必须足够小心。

随后,他又蹑手蹑脚地来到靠近寺町商业街的窗户前,把月牙锁锁上后朝通往一楼的楼梯走去。

国丸小心翼翼地一层一层下楼梯,尽可能不发出任何声响。可由于这是平常客人使用的楼梯,谈不上是半井家里,所以并没有太强的罪恶感。

从楼梯上走下来后,眼前的一幕让他毛骨悚然。只见一个黑乎乎的身影正站在楼梯下等他,他吓得差点儿尖叫起来。

这个人正是社长,他在楼梯左手边等着,然后开口叫道:"国丸。"

国丸听到后一声不吭地伫立在原地。突如其来的惊吓让他双腿发软,不自觉地压低了声音。

"社长……"

"你小子怎么在这儿。"一身酒气的社长小声问道。

国丸无法回答,一切解释都是多余的。

"你们的事情我都知道。"社长继续低声说道。

听到这里,国丸眼前一阵眩晕。此时此刻,他已找不到任何借口为自己开脱。

社长的声音仿佛从地狱中涌来,一股强烈的罪恶感压得国丸低下了头。澄子雪白的裸体还鲜明地萦绕在眼前,而这种罪恶行径是不可饶恕的。

国丸是半井社长的员工，两人之间有明确的上下级关系。不管出于什么原因，睡了领导的妻子，是绝对不可饶恕的。

"所以我干脆把她杀了。"社长满不在乎地说道。

国丸惊讶地抬起头问："什么？你杀了她……"

"没错，我杀了她。没办法，她这个淫荡的女人，竟然跟我的下属私通。"

社长依然很小声，当时国丸的第一反应是小枫怎么办。

如果这时社长说他把小枫也杀了，国丸肯定会忍不住扑上去把社长杀掉。

可是转念一想，刚才明明听见小枫睡着的呼吸声了，小枫肯定没事。

国丸反问道："真的吗？或许现在急救还来得及……"

要真是这样的话，必须抓紧时间。

"你看，我勒了好几次，尸体已经凉透了。"

听到这些，国丸连忙穿过昏暗的店铺，跑到卧室，打开门。刚才自己用手抚摸过的成熟女人，如今正穿着睡衣躺在褥子上，用手触摸她的手臂、脖子、胸部和腹部都是冰凉的。

国丸愣住了，突然他意识到什么，把脚旁的被子拽过来，将澄子的脖子以下都给盖上。突如其来的事情让他脑子一片混乱，无法正常思考。

社长在身后说了句："叫救护车也没用，人已经死了。"

国丸下意识地嘟囔着："那报警啊……"

"你也逃不了干系，国丸。"

社长不客气地说，国丸沉默了。

社长接着用命令的口气说："事已至此，等到早上吧。我在天亮之前会死的，可能会在京阪线的始发时间卧轨。反正我也上了保险了，受益人是小枫，这样工厂欠的钱也能还上了吧。"

听到这里，国丸的大脑再次陷入混乱之中，处理后事……他总觉得光做这些还不够，可罪孽深重的自己也没有资格说什么，便什么也没说。突然间，他想到了小枫。

"那小枫呢？要是她早上醒来看到这一幕怎么办……"

整件事对国丸打击很大，刚才也是因为想到了小枫才去盖了被子。

社长用低沉的声音把事情交代给国丸："我姐姐住在宝池，我会让她马上过来的，并且告诉她别让孩子看到她妈的样子。对了，那孩子就拜托你了，你要好好照顾小枫。我姐没有孩子，如果把孩子交给她，估计她心情也挺复杂的。我不是个称职的父亲，孩子就交给你了。"

国丸觉得虽然社长看起来很冷静，其实内心也很混乱。他没有问也不知道自己为什么在这里，估计是喝醉了，脑子正糊涂呢。要么就是因为现在是在店里，他没有发现异常。如果在半井家的房间里，估计就不一样了吧。

可是，社长也没有钥匙，他到底是怎么进来的？

国丸问道："社长，你是怎么进来的？"

社长满不在乎地回答道："我爬了鸟居。"

国丸听到后，瞬间后悔不已，当初自己真不应该那样做。都怪自己把情况如实报告给了社长，澄子才惨遭杀害的。

自己真是太笨了，如今真是追悔莫及。明明知道社长有多执拗，明明可以意识到事情的危险性，怎么还是告诉社长了呢。

紧接着，各种想法如闪电般掠过脑海。真该早点儿来，如果比社长早到这里，那他就进不来了。因为自己跳窗进来后就立刻回头把窗户锁上了，这样一来，就算他爬上鸟居也进不来。如果行动够早，以后自己应该就能在别处跟澄子和小枫享受愉快的三人世界了。

同时，还有另一种可怕的猜想。如果提前进来的社长跟自己一样，回过头锁上了窗户，那这次自己就进不来了。

如此一来，情况又会怎样呢？明天早上，小枫能收到的就只有母亲的死讯，更别提什么圣诞老人的礼物了。

"我要走了，国丸你要跟我一起出去吗？"

听到社长说话，国丸这才回过神来。

国丸下意识地回答了一句"好的"，这应该是员工对领导的条件反射。

社长把澄子卧室的房门关上，然后打开右侧墙上的门出去了。他先来到小巷，待国丸出来后，再关门上锁。

他按上按钮，关上门，然后掏出钥匙插进上面的钥匙孔里。国丸这才意识到这道门有两道锁，可是澄子并没有给他钥匙才对，难道这是他在澄子卧室里翻到后拿出来的？

不管怎样，此时澄子的尸体已处在完美的密室当中。如果没有对这座房子的锁和钥匙的情况了如指掌，如果没有这把钥匙，就没法把这个门上的两道锁都锁上。而且一楼玻璃门的锁是螺旋锁，二楼所有窗户上安的都是月牙锁，这些锁都无法从外面操作。

离别之际，社长说："国丸，感谢你之前的照顾。"

国丸不禁低头行礼，回应道："不敢不敢，该说谢谢的是我。"

"茶壶和夏天风铃，这两件商品记得去交货。"

"记住了。"

"小枫就拜托你了。"

社长说完后转身离开，朝四条河原町方向走去。

国丸看着社长的背影，久久地伫立在原地。他问自己，为什么要对这个男人唯命是从，就因为自己是他的员工吗？别忘了是他杀死了澄子！

国丸等待着自己内心燃起怒火，毕竟自己心爱的女人被这个任意妄为的男人杀了。今后还会出现让自己如此喜欢的女人吗？

可是不知为何，胸中的怒火迟迟没有出现。难道自己深深的罪恶感与胸中的怒气相抵消了？

仔细想想也不是这样，在自己混乱的脑海里，有一丝感动。当社长说把小枫交给国丸时，他感觉这是社长说过的最感人的话，也是这个不靠谱的男人作为家长说过的唯一一句负责任的话。

纵使呆立在原地很久，国丸的心情依旧没有什么变化。无奈他只好按照原计划去工厂关掉鼓风机和换气扇，然后脚步沉重地回到公寓。

国丸想，原来的计划只是想扮演圣诞老人而已，根本没有想过杀人。

刚躺到床上，外面便传来了剧烈的敲门声。于是他起身去开门，看到两个警察模样的男人穿着大衣站在门外。

"你是国丸信二先生吗？"其中一个人低声问道。

国丸回答说："是的，怎么了？"

然后另一个人说："我们有事想问你，麻烦跟我们去警察局一趟。"

这时，小枫爬上楼梯，在楼道里朝他跑了过来。

"国丸叔叔，你看！圣诞老人给我送礼物了。"

孩子兴奋地高喊着，还把摘掉盖子的过家家玩具举到头顶给国丸看。

国丸也跟着大声回应道:"是吗?那太好了!"

"还给我写了信!"她把信也举到头顶,高兴得合不拢嘴,以至于根本没有注意到面前站着的两个陌生男人。

国丸心想,太好了,看上去她还不知道母亲的死。应该是社长的姐姐过来,没让她看到澄子的尸体。

"太好了。"国丸终于说了出来。之后他强忍着泪水,再也说不出话来。

小枫说:"可是我妈妈不在,不知道去哪儿了。我爸爸也不在,不过美子姑姑来了。"

小枫说得正起劲,其中一个警察打断了她。

"你先回家吧,我们现在找叔叔有点事儿。"

小枫点点头,静静地从走廊离开。她走到半路停下来,回过头朝国丸挥了挥手。

国丸已经看不清她的样子了,因为他的眼泪止不住地流了下来。

19

我回到住处,坐在电话旁的楼梯上等待。因为这里只有一楼这一部电话,所以一般都是别人接了过来喊,但是如果没人接就错过了。我本来想跟御手洗先生说明情况的,可是他根本不听我讲话,无奈我只好守在这里等他打来。

我在楼梯上坐了大概一个小时后,电话终于响了。我连忙接起电话,果然是御手洗先生打来的。

"现在我要到京都看守所去见国丸信二,律师树先生也一起来,如果你也想去的话……"

"嗯,想去!"我毫不犹豫地回答了,然后接着问,"看守所在哪里呀?"

"在伏见区,就在京都站的南面。从京阪线的深草站下车,我们一个小时后到鸭川上的水鸡桥上碰头。怎么样?你能来吗?"

"可以,没问题。我现在就出门,很近的,十分钟就能到五条站。"

"好的,那等会儿我们……"

"那个,这么说案件解决了?"我打断他问道。

"我觉得可以这么理解,但前提是国丸先生他回答我的问题。"

"圣诞老人的谜团也解开了吗?"

"现在所有谜题都解开了。"

"可房间是用月牙锁和螺旋锁封死的密室,你已经弄清楚他是怎么进去的了?"

"我不都说了吗?这些全都搞明白了。"

"啊?真的吗?"我惊呆了,简直难以置信。

御手洗先生笑着说:"你来了就知道了。"

我接着说:"那这样的话,小枫是不是也……"

"今天不叫她比较好,她不在反倒好聊。那我们一个小时后水鸡桥见。"

御手洗先生说完就挂了电话。

到水鸡桥时已经是下午三点半了,我在鸭川的寒风中蜷缩着身体。这时,御手洗先生和律师走了过来,右手上都拿着黑色手提包。

御手洗先生给我介绍了律师树先生,我点头致意。

这时,树先生问我:"听说你想考京大?"

"对,算是吧。"

"既然是御手洗君的师弟,那你来法学系吧,"树先生的话不失幽默风趣,"要么就去医学系也行。"

我没作任何回应,因为我觉得医学系太难了,法学系也不行。要说我能考上的,也就文学系、教育学系,或者美学、哲学系吧。我太向往京大了,只要能考上,哪个系都行。

桥对面就是看守所,树先生熟练地在门卫处登记,然后我们到等候室等着有人喊我们的名字。不久，喇叭里传来了我们的名字，让我们进入指定号码的房间。于是我们来到会见室，这里比我想象的要宽敞许多。

等待片刻后，透明玻璃板后方的门开了。一位穿着类似灰色工作服的年轻男子，在一位穿着制服的中年狱警的带领下走了进来，然后在对面的椅子上坐了下来。狱警出去后，我们就在狱警不在场的情况下开始谈话，这一点让我感到有些意外。

玻璃对面的年轻男子鞠躬致意。

律师先生给我们介绍说："这是国丸信二先生。"

我心想，原来他就是国丸先生啊。因为听小枫说过很多次，所以感觉就像我的老相识一样。

他本人长相英俊，看上去就像个年轻学生，一笑还会露出洁白的牙齿，整个人很有魅力，就像电视上的演员一样。这跟我想象的差别很大。一般人被关在这种地方，性格都会变得狂躁，而他却没有。就算见到我和御手洗先生这种不速之客，他也没有对我们怀有一丝敌意，反而向我们一一点头致意。

"这位是京大医学系的御手洗先生，在学校很有名。"

"医学系？"国丸先生用略显惊讶的声音说。

"为什么是医学系的人？"

"一会儿你就知道了。半井枫你认识吧，旁边这位就是她的朋友悟君，他们俩是预科学校的同班同学。"

"哦。"国丸先生声音很小，然后慢慢地将视线转到御手洗先生身上。

可能是因为对方问起自己了，所以御手洗先生也开口道："国丸先生，您好！初次见面，我是御手洗。"

国丸先生也自我介绍说："我是国丸。"

184

"您在看守所待了有十多年吧,感觉如何?"

国丸先生苦笑着回答:"没有别人说得那么糟糕,住上一段时间自然就……"

律师先生附和道:"哦,这样啊。"

"在这里不用工作,一天管三顿饭。那些讨厌这里的,都是外面有家人和很多朋友的人。"

国丸又苦笑着说:"要是不满意的话,怎么会因为没干过的事情判刑,还能在这里待十年呢。"

御手洗先生接着说:"就算这里舒服,你可能也得出来了。"

国丸先生默默地看着御手洗先生,很久才开口打破这种沉默。

"这可如何是好,我会的只有铸件技术,可如今社会上基本已经没这种工作了吧。"

"我都弄清楚了,"御手洗先生继续说道,"整个案件背后的真相我都知道了。"

国丸再度沉默,接着他问:"真的吗?"

"是的。"御手洗先生肯定地回答道。

"专家花了十多年都没搞懂呢。"

"可能因为他们当中没有理科生吧,只要掌握相关知识,解开谜团也就分分钟的事儿。我接下来讲的内容,如果有错误的地方,请告诉我。"

国丸先生举起右手说:"等一下。这到底有什么意义?"

律师树先生插嘴说:"我们要找出事情的真相。"

国丸先生反驳道:"你们要发现真相吗?这种情况我见多了,那都没意义。"

律师先生接着问:"你见过什么情况?"

"都是满嘴跑火车,没一句真话。"

"如果你想在里面再待十年的话，我是不会拦着的。"御手洗先生补充道。

"就连你刚才说的那番话，我都明白，我知道你为什么那样讲。接下来能了解真相的只有我们四个人，在这个房间里，不会传到外面的社会上。如果有必要的话，我和悟君会管好自己的嘴巴，我们绝不会将真相告诉不应该知道的人。"

"那法庭怎么办？"

"在这个国家，法庭不代表社会。"

国丸先生沉默了，他又陷入了思考。

"你看到一个八岁的女孩子从来没有收到过圣诞老人的礼物，所以心生怜悯，想在平安夜把礼物放到她的枕边。你是她生命中第一个圣诞老人。"

国丸先生低下了头。

御手洗先生继续他的分析。

"可是你做不到，因为当时她家是个彻彻底底的密室。二楼窗户上用的是月牙锁，一楼的玻璃推窗用的是螺旋锁，这些都被牢牢锁死，形成一个封闭的密室。

"铸件厂的社长原本拿着一楼的门钥匙，可是他妻子闹离婚把钥匙收回去了，他也没有钥匙，所以你也不可能去找社长借，只好放弃了送礼物的念头。怎料这时眼前突然出现了一线希望。这跟曾经轰动一时的大骚乱有关，当时锦町内很多居民都反映出现了失眠、多病、夫妻吵架不断的现象。"

国丸先生低着头不肯抬起，他害怕御手洗先生的话里包含事情的真相。

"你冥冥之中对此抱有强烈的不安，因为你有预感，造成骚乱的原因很有可能就在自己工作的工厂里。"

律师先生望向旁边的御手洗先生,问道:"夫妻吵架、失眠、多病、出现幻觉,这些都是铸件工厂导致的?"

御手洗先生并没有扭过头来,而是依旧看着国丸先生,点了点头。国丸先生眼神向下,还是没有抬头。

"你宿舍所在的松坂庄就有好多人出现这种症状,夫妻吵架,出现幻觉,去看精神科医生,还有些居民干脆搬走了。你也……"

"我没有。"国丸先生连忙否定。

"你没有出现头痛或者失眠状况吗?可能因为你还年轻吧,而且你单身,不会出现夫妻吵架的情况。应该有什么因素导致你怀疑原因就在自己的工厂,这个神秘因素可能就藏在你的房间里。"

"是牌位吗?"

听到律师先生试探性的提问,御手洗先生摇了摇头。

"他房间里没有佛坛吧。可是那种情况下,他房间里的东西总会动的,比如房间架子上的东西,它是会转圈的,经过一个晚上,位置就变了。"

御手洗先生说的时候,眼神紧紧盯着国丸先生。

"你一直在思考这件事,终于有一天你发现,或许这一切都是振动造成的,而这种振动微弱到人体都感受不到。"

"振动……"

"是的,你渐渐地有了头绪,发现了其中的奥秘。因为……"

御手洗先生看着国丸先生,树律师看着御手洗先生。

"因为什么?"律师先生问。

"因为你发现房间里的异常现象时有时无,不是每晚都会出现。你注意到了这一点,而且你对工厂的机器也非常了解,没有异常的夜晚，厂里的机器也没转动。"

"什么机器？"

"换气扇！铸件工厂为了给铸件降温散热，有时会整夜开着换气扇，而风扇的开关就是由你来负责的。"

"风扇？"律师疑惑地说。

"没错。"

"可是定食店就在工厂的正前方，那里的老爷爷不是说他没有受到任何影响吗？这是怎么回事？不只是那位老爷爷，还有工厂附近的居民也都很少受到影响，反倒是离工厂稍远的地方受害者居多。"

"正因如此，大家才没有发现原因。"

"嗯？为什么？"

"住在鸟居周围的受害者很多。"

"鸟居？"

"没错，离工厂较远的锦天满宫的鸟居，附近有很多受害者。因为离得比较远，所以大家都没朝那个方向想。而国丸先生注意到了。"

"鸟居吗？可是为什么……"

听到律师先生的疑问后，御手洗先生从提包里拿出一小套金属实验装置，把它放在玻璃前的台面上，这是一套类似秋千的模型。

"这根金属杆的下面挂着五个振子，振子上面的线长短不一。在稍远的位置，挂着第六个振子，现在我来晃一下。"

御手洗先生晃动第六个振子，然后默默地注视着它。我们也一样，就连玻璃对面的国丸先生也在静静看着。

不久，并排悬挂的五个振子中有一个开始晃起来，刚开始振幅很小，慢慢地振幅越来越大。

"你们看，只有一个振子晃起来了。这个振子与第六个振子距离较远，但是它们挂绳的长度是一样的。两个振子就算距离很远，但只要它们的挂绳长度相同，就可以产生特定的晃动。这就是共振现象。"

律师先生和国丸先生不约而同地抬起头，望着御手洗先生。

"现在正在摇晃的这两个振子，振动频率是相同的，因为它们的线长是一样的。也就是说，固有频率相同的两个物体，就算它们之间隔着一段距离，最终还是会吸收对方的振动，从而开始晃动。物体的这种特性，会引起共振。"

"也就是说……"律师先生说到一半。

"没错，就算是更大的物体，像建筑物、铁桥等大型结构建筑，也存在共振现象。同样的道理，就算是身体感知不到的很细微的快速振动也能引发共振。"

听完御手洗先生的解释，树律师接着又问："就算是很细小很快速的振动也同样可以产生共振？"

"是的，道理是一样的。"

"你的意思是，半井铸件厂的换气扇产生的振动和国丸先生住的公寓产生了共振……"

御手洗先生缓慢地摇了摇头。

"不是，是和鸟居发生共振。"

"鸟居？！"

律师先生发出了惊讶的怪叫。

"半井铸件厂产生的振动，碰巧与锦天满宫石头鸟居的固有振动频率相同，所以石头鸟居就产生了这种人体感受不到的细微共振。而石头鸟居两端连接着两栋房子，这种共振传递过去后，房子也振动了起来。住在这两栋房子以及与这两栋房子连接的建筑物里的人,有许多成了受害者。只有在晚上铸件厂换气扇转动时……"

"换气扇和鼓风机。"国丸先生抬头纠正道,"只有换气扇或只有鼓风机,都不能引起共振,只有把它们都打开才会引发那种现象。"

"哦,原来如此!"御手洗先生点着头说。

"原来是两个呀。造好的铸件在刚出炉的那天,要用鼓风机对着它吹风,同时也要把工厂的热气吹到大街上去,所以才需要两台风扇……"

"没错。"

"也就是说,两个振动叠加到一起。"

"是风扇……"律师先生说道,"这个我还真没注意。只有它们晚上同时转,才会产生那种现象?"

"是的。"

"也就是说,两个风扇产生的振动让远处的鸟居发生共振,这种共振又传到国丸先生居住的公寓……共振……"

"就是共振。半井铸件厂里放置的大型鼓风机和安装在墙上的换气扇,它们的振动叠加产生了新的振动频率。这种振动频率与石头鸟居的固有振动频率刚好一致,所以工厂附近的房子没事,反倒是距离较远的鸟居吸收了工厂发出的振动,并在夜间振动了起来。"御手洗先生接着说道。

"那……对了,牌位动了。为什么牌位转过去了呢?"

"涂了漆的牌位,它的底部中央稍稍鼓起来一些,以这个凸起为中心就很容易发生旋转。细微振动持续出现,就形成了那些看似奇怪的现象。"

"原来如此，是这么回事儿呀！"树律师的声音有些大。

"如果时间再久一点，很可能又转回去了。然后人也……"

"对呀，就算人体感觉不到，那大脑感受到这些细微的振动，也会半夜醒来。或者就算没醒来，也睡得很浅，久而久之就受到失眠的困扰。长此以往，这种焦躁不安加剧了对日常生活的不满，甚至发展到与配偶吵架的地步。原来是这样啊。"

"没错！"

"所以，在国丸先生居住的松坂庄里，有很多深受其害的居民。有的夫妻吵架，有的产生幻觉自称看见了亡灵，最后去了精神科，还有的干脆搬走了。可是年轻有体力的国丸先生却没有受到影响。"

"那半井夫妻关系不和，最终决定离婚，也是这个原因导致的吗？"律师先生问道。

"可能问题比这更加严重，怎么说呢，导致半井夫妻二人关系破裂的，有其他更直接的原因。就算没有共振问题，他们估计也会走到这一步。附近的居民则不同，他们是毫无缘由的争吵。"

"嗯。"

御手洗先生接着说："不过，共振带来的最大问题，不是这个。"

"不是这个……那是什么？"律师先生低着头，双手抱在胸前。

"是杀人案件。"

"什么，杀人……"

"振动直接点燃了杀人案件的导火索。"

"半井铸件厂的风扇产生的振动与石头鸟居形成共振……"

"没错，受鸟居振动影响最严重的不是人。"

"那是什么？"

"是月牙锁。"

"月牙锁？！"

"是的，整夜持续产生的细微振动，导致人们失眠，严重者去看了精神科医生，导致佛坛的牌位转了半圈，导致国丸先生房间里的某个东西转动，但是这却不是导致杀人案件的直接原因。造成重大问题的是月牙锁，国丸先生房间连接鸟居的墙上，窗户的月牙锁受到振动的影响，半月卡槽发生转动，早上起来锁可能已经开了，或者差一点就开了。"

"啊？原来是这样！"律师先生惊讶地大声说道。

"因此，国丸先生就注意到一件事。自己的公寓和对面半井家的房子通过鸟居相连，那这两栋房子窗户上的锁会不会都被振开呢？"

"也就是说……"

"国丸先生意识到小枫居住的二楼窗户和自己房间的窗户一样，用的都是月牙锁，他猜测它们到黎明时就会解开。"

国丸先生低着头默默地听着。

"原来如此，是这么回事呀。"

"所以你就在凌晨爬上鸟居，跨坐着一点点挪动前行，最终到达半井家，摸到了他家二楼的窗户。然后用手推了推玻璃，窗户果然就开了。也就是说，月牙锁通过振动解开了。"

"半井家二楼是个店铺，门窗都关得很严实。可是由于月牙锁太紧，女人力气不够，所以上面抹了很多润滑油。这样一来，锁就更好转了。整个晚上持续振动的话，二楼的月牙锁在黎明前自然就会打开。

"办完事儿之后，你又从鸟居上回到了自己的家。虽然这一切有些令人难以置信，但是惊人的奇迹已经在眼前发生了。就是因为有工厂的电风扇，你才办到了。"

"是的，就是这样。"

"你只要在平安夜里把工厂的两个风扇开关打开，然后黎明时分从自家窗户出来，通过鸟居来到小枫的家里，从窗户进去，就能把礼物放在小枫的枕边了。你发现了这个令人难以置信的事实，你很激动。因为你可以成为小枫的圣诞老人了，真是上天的旨意。冥冥之中，上天在你和小枫之间搭了一座桥，命你去当圣诞老人。"

"真是奇迹之桥……"

"可是你犯了一个致命的错误。关于附近街道发生的问题，你找到了答案。可你却把答案告诉了社长，或许你是出于无奈，因为你是他的员工，问题出在了自己上班的工厂，告诉社长也是你的义务。

"社长听到后，命令你不要告诉其他人。你以为他是怕不能开鼓风机会对铸件生产造成影响，你错了，他有更阴险的计划。

"你单纯地为自己能成为圣诞老人而高兴，可跌入谷底的社长却不这样想。他想着自己可以趁妻子凌晨睡着时，爬上鸟居进入自己家……"

"原来如此。"

"工厂经营不善，当时社长可能有些抑郁倾向，甚至想到了自杀。他想着横竖都是死，干脆先把妻子杀了再自杀，反正妻子已经被年轻男子迷得神魂颠倒，心早就不在自己身上了。对于你来说，眼前这座桥是通往可怜少女房间的美好事物，而对于社长来说，这无疑是一条通往残酷杀人结局的道路。

"你提前买好了小枫喜欢的礼物。在圣诞黎明，你抱着礼物爬上鸟居，来到了半井家的二楼。你把包裹放在熟睡的小枫的枕边,再把二楼所有窗户的月牙锁锁紧,然后来到了一楼。

"剩下的就是到一楼后门,按下门把手上的圆筒锁按钮,关上门,然后再绕道去铸件工厂,只要把风扇开关切断就大功告成了。这样月牙锁到早上也不会松动,一个完美的圣诞老人密室就完成了。你原本是这样想的,怎料社长出现在了一楼。"

国丸先生坐在玻璃对面,纹丝不动,他只是盯着脚下,静静地听着。

"社长告诉你他杀了自己的妻子,还说他要逃跑,求你第二天早上再报警。这时,你肯定会反驳,因为小枫还在楼上,这样一来小枫就会看见她妈妈的遗体。你不能容忍这种情况发生,你怕小枫会因此受到伤害。

"而社长当时肯定这样说,他会让自己的姐姐美子过来把小枫带走,不让孩子看到母亲的遗体。等一切结束之后,再报警。惊慌失措之中,你和社长估计也来不及想钥匙的事情。

"你当时肯定到一楼的卧室确认过澄子真的已经断气,毕竟你对澄子是有感情的,而且你对社长说的话有强烈的抵触。可说到底,你还是受雇于半井社长,而且跟他的妻子私通,心里有愧疚感,所以你最终还是没能违抗社长的命令。你们一起出来,社长拿出在卧室里找到的被妻子收走的钥匙,从外面把门上的另一道锁也锁上了。

"如此一来,密室就比社长想象得更密不透风了。除了圣诞老人以外,没有人能进来。

"当时你脑子里一片混乱,只能听社长的命令行动。直到与社长分别后,你才回过神来,想起了自己当初的计划。于是,你来到工厂,把两台风扇的电源切断,然后回到自己的房间睡觉去了,你当时应该也睡不着吧。

"到了早上，警察来到你的房间把你逮捕了。社长后来也没有逃跑，而是在京阪线的始发站卧轨自杀了。当时他身上还带着一封告发遗书，上面写着是你杀死了他的妻子。他可真是出了一口气，这是为了复仇吧。"

御手洗先生停顿片刻，会见室陷入了沉默。

"那你是被陷害的？"树律师说。

御手洗先生继续他的分析。

"澄子女士的体内验出有你的体液，当时你们刚发生关系没多久吧？而且你本不该出现在半井家，可是房子里竟然大量出现了你的指纹，二楼的窗户玻璃上、墙上、门上，一楼的卧室、澄子卧室的墙上、门上、遗体周围，到处都是你的指纹，所以警察知道你进过半井家。

"警察以为他们识破了你的计谋，而实际上你丝毫没有隐藏的意思。你只是作为圣诞老人进去了，并不是为了杀人，所以你也没有特别小心指纹。"

律师先生接过话继续说："还有一件事，那就是钥匙，半井社长没有把它带在身上。通过刚才的话，我们可以知道，社长从澄子卧室里拿走了钥匙，他在临死前把钥匙扔进了鸭川，因为他要把罪名扣在你头上。"

御手洗先生补充道："随着你被关押的时间延长，你却解释不清钥匙的事情。在被追究责任时，你只能坦白称是社长夫人给你开门进去的。他们就是企图以此来维持公判。"

御手洗先生盯着国丸先生说："可是，后来你推翻了这些说法，所以审判只能越拖越久。你为什么不把真相说出来？我刚才讲的才是事情的真相，你应该把这些都说出来，这样审判和拘留都不会这么久。

"你对澄子有好感,想跟她在一起。对吧?小枫也很可爱,你没理由也没动机杀人,说你有嫌疑就是胡扯。要说为什么会发展到这个地步,那是因为检察官没有解开月牙锁密室的谜团。可能这样说会有些不礼貌,那些高学历的检察官感觉自己被你这个没学历的被告给难住了,他们怀疑你在挑战他们的权威,不高兴了。而且现场布满了你的指纹,死者丈夫还写遗书告发你。所以他们给你判刑也是顺势而为。"

"我没有一点儿想挑战他们的意思。"国丸先生低着头嘟囔道。

树律师接着说道:"现在还为时不晚,多亏了这位,让我知道了事情的真相,我会为你重新辩护。检察官和法官的自尊心都很强,如果他们以为你的月牙锁密室挑战了自己的权威,那肯定会意气用事。可是你丝毫没有这个意思……"

国丸先生第一次抬起头,很干脆地说道:"不用了!"

"什么?"律师先生的表情非常诧异。

然后他又用严肃的律师口吻说:"你知道自己在说什么吗?"

国丸先生很清楚地回答道:"我知道,我不想出去。"

会见室再次陷入沉默,最后还是律师先生打破了沉默。

"审判不是这样的,也不应该是这样的。法庭是发现事实真相的地方。"

于是,国丸先生禁不住笑了出来。

"有什么好笑的!"律师先生粗声呵斥道。

"审判不就是谎话连篇吗?你应该知道的呀。"

律师先生沉默了。

"不管你说什么,我都是会认罪的。法官也希望如此,现在勉强做这些也没有用。"

"要是我擅自改了辩护内容呢?改成事情的真相呢?"

国丸先生立刻回答道:"我会解除委托。"

律师先生一时无话可说,想了一下又说:"那会判很多年的。"

"不会判死刑的,最多判个无期徒刑。只要在监狱里好好表现,争取减刑,这样十五年就能假释了。"

"十五年怎么可能出得来。"

"就算放我出来也是发愁,到时候我才五十岁,还得工作。等我老了再放我出来就行。"

"你没有父母吗!?你母亲会伤心的。就算为了你母亲,你不想洗刷冤屈吗?"

"我母亲已经死了,在距离举办奥运会还有两年半的时候死的。我那个不靠谱的爹早就下落不明了,估计早死了。他是个酒鬼,又暴力,每天晚上都会打我和母亲,有时还会往我们身上泼酒,把我拖到附近的公园,在沙场往我身上扔沙土。

"在对我们百般虐待后,他在我九岁那年突然离家出走,抛下我和妈妈,之后妈妈辛苦劳作,独立撑起这个家,像他那种人,我连什么样子都不记得了。"

"你父亲是从事什么工作的?"

"不知道。我当时还小,对这些都不清楚。没听母亲提起过,她从来没有提到过父亲。"

"你不会想到小枫了吧?"

听到律师的询问后,国丸先生沉默片刻后,说:"那孩子跟我很像。"

"哪里像?"

"我们的遭遇和成长环境都很像。我也没有收到过圣诞老人的礼物,老爹不靠谱,是个酒鬼、暴力狂,不会培养孩子,这些都一模一样。母亲虽然很温柔，可是话不投机，对外人都很好，实际上絮絮叨叨抱怨个没完。长相甜美，声音可爱，很受男人喜欢，碰到个还行的男人就投怀送抱。这些小枫跟我都一样。"

"小枫的母亲也对你投怀送抱了吧？"律师先生毫不客气地说。

"没错，所以我才有罪恶感。"

"这个我倒是可以理解，所以你就去为没干过的事情顶罪了吗？"

"这种事情，小时候常有。"

"你母亲在天堂会伤心的。"

"不会的。"

这时，御手洗先生小声说道："难道是圣诞老人……"

"你也收到过礼物吗？"

国丸先生一脸震惊的表情，沉默许久后，突然点了点头。

"你真聪明。不，倒不如说你的直觉很准。"

御手洗先生说："因为我是学习自然科学的。"

"我只收到过一次礼物，那是东京奥运会开幕式的入场券，我和母亲当时都很期待到现场去看。

"她晚年被男人欺骗，去做了往路里面埋瓦管的体力活。炎炎夏日里，她汗流浃背，浑身是泥。她经常跟我抱怨，一些化着精致妆容，穿着打扮很时髦的女人走过，看到她后赶紧跑走了。而当时我搬到川口工厂附近住，就留下母亲一个人生活了。后来出于担心，我会经常回来看她，每次她都会讲这些事情。有一天，她说她通过工程队的门路，低价搞到了奥运会开幕式的入场券，于是她兴冲冲地把票拿到川口给我看。她一直跟我说：'信二啊，我们一起去看吧。'当时离奥运会还有三年，怎料她突然查出了癌症，半年就死了。"

律师先生说："这样啊，那……太残忍了。"

"是吧。可是我不这样认为，我觉得太好了。你知道为什么吗？后来我在开幕式当天拿着母亲给我的入场券去了位于千驮谷的赛场。我从京都过去，还带着母亲的遗像，打算两个人一起看开幕式，因为那是母亲心心念念很久的东京奥运会。

"我当时中学毕业已经十年了，而且对于工地上的工人来说，东京奥运会意义非凡。母亲当时说，大家在各个地方齐心协力，从事着地铁等相关工作，想要赶紧把东京建成一个气派的城市。她还说，这是日本第一次举办奥运会，这是我们战前就有的梦想。所以我母亲对此特别期待，到现场看奥运会是她晚年唯一的愿望。"

我们静静地听着，站在后面的我隐约有种不祥的预感。

"我到入口处，拿出我的票，当时检票员的表情我至今都记得。他脸上露出了说不清是冷笑还是苦笑的表情，然后说：'这个进不去，这是假票。'"

我当时听了很是震惊。

"我后来才知道，当时这种骗子很猖狂。那时全国上下都很期待东京奥运会，可是没人见过入场券，于是就有脑子快的人制作了假票出来卖。而我母亲就上当了，因为她很好骗。

"我当时觉得这太过分了，其他倒还可以容忍，可奥运会是母亲唯一的期待，怎么能卖给她假票呢。对于我们母子而言，那不是一张简单的票，那是我母亲拼命再拼命，用她辛勤工作的汗水好不容易才弄到手的票，跟她的生命一样重要。"

我一时语塞，不知该说什么好。

"所以我觉得这反倒是好事，只有我一个人去，挺好的。我母亲到死都一直相信入场券是真的。要是她临死前步履蹒跚地来到赛场，在检票口被人指出票是假的，她得受多大打击。想到这里，我的心都要碎了。

"那张票是母亲死前我们母子之间的牵绊，就像一种信仰一样。就因为有了那两张票，我母亲才能勉强活着，可最终她的生命还是没能坚持到那时候。

"我从竞技场出来，逆着人流往车站走，来到站台坐上电车，一个人回到了日暮里的廉价旅店。那天真的太痛苦了，心想，日本人怎么能做出这么过分的事！制造假票的家伙，他不是人，我诅咒他将来下十八层地狱，不得好死。"

"原来如此……"御手洗先生自言自语道，"那我懂了。"

树律师惊讶地看着御手洗先生。

"对于你来说，入场券只是一个……"

"对，那只是一个礼物，一个母亲给我的礼物。因为我从来没有收到过任何礼物，当然吃的穿的是有的，所以也没什么可抱怨的。可是冬天没有拖鞋，没有文具盒，在学校还是吃了些苦。"

"冬天没有拖鞋确实很冷。"律师先生说。

"不过这都不算什么，我记忆中收到的礼物就只有那张票了。"

"小枫也一样吧，那年圣诞节……"

国丸先生缓缓地点了点头。

"是啊，那孩子也没收到过父母的礼物，也有个不靠谱的酒鬼爹。只不过我一直到二十多岁都有母亲的陪伴，她八岁就孤苦伶仃。这太残忍了，那晚圣诞老人送的礼物成了她唯一的礼物，也成了她至今为止唯一的像梦一般的回忆。我要是把真相告诉她，那晚的圣诞老人岂不是就要消失了！"

国丸先生说着便从椅子上站了起来，他斩钉截铁地说："我曾经伫立在千驮谷赛场外，当时我的心情很糟糕，我不想让那孩子也体会这种心情。我难道要告诉她，住在对面的二十五岁叔叔从鸟居上爬了进来，在她枕边放下礼物走了？不可能的，我是不会告诉她的。

　　"反正出去我也没什么事儿做，更不会感到高兴。一群狐朋狗友聚在一起，也就在街上游手好闲。一群冷酷无情的人，就算伤害别人也毫不在乎，都是些遭人唾弃的社会败类。与其那样，我还不如在这里待着呢。一直待着也没事儿，不用您担心。"

　　回去的路上，我们走到水鸡桥时，树律师说："看样子那家伙是个死脑筋。"

　　天已经完全黑了，根本看不见律师先生脸上的表情。

　　"经历过痛苦的人生后，他已经心如止水，像冰一样冰冷又僵硬。"

　　御手洗先生只是默默地听着，没有停下脚步，急匆匆朝车站走去。

20

次日，我在预科学校上课时突然发现一件事，是关于昨天御手洗先生在会见室给我们演示的振子实验的。当时我太投入了，根本没来得及思考，经过一天之后，终于理解了那个实验的深层意思。

当然，我知道那个实验是为了解释锦天满宫石头鸟居的共振现象，不过它还有另一个重要意义，当时御手洗先生并没有提及。那就是小枫家经营的咖啡店猿时计里的钟摆。那个挂钟好像是赫姆勒公司产的，就挂在咖啡店的墙上，是个德国产的古董挂钟。它的钟摆会在半夜里突然摆动起来，而御手洗先生的实验正好能解释这个怪现象。

御手洗先生就是在猿时计咖啡店发现了一切真相，因为当时店里正好发生了跟实验装置一样的共振现象。所以他才惊叫说这是上天的启迪，要感谢猴子，想喂猴子一百根香蕉。

现在，我也明白了。彻底改变小枫人生的锦天满宫杀人案件，十年了，专家们研究了十年都没解开谜团。要解开月牙锁密室杀人案件的谜团，钟摆是个很强烈的提示。虽然反应有些迟钝，但我也终于按捺不住内心的激动了。御手洗先生昨天拿来的实验装置，正是猿时计店里的模型。

其中一个晃起来的振子就是店里挂着的赫姆勒挂钟，准确来讲是它的钟摆。其余四个振子就是墙上其他挂钟的钟摆，而远离这五个振子的第六个振子，就是隔壁房东永山先生家墙上挂的另一台赫姆勒挂钟。隔着墙看不到对面的挂钟，但实际上离得很近。

永山先生家挂在墙上的挂钟现在还能正常使用，钟摆一直在摆动着，所以没人注意到。其实，隔壁房间的挂钟跟这个是同一家公司生产的，型号完全相同，钟摆长度也相同，所以它产生了共振。那个实验就是这个意思，我明白了！

御手洗先生瞬间就洞察了这一切，他知道咖啡店的墙对面也有一座相同的挂钟，而且现在还在正常运转。也就是说，他知道了店里挂钟突然摆动的原因。在同一瞬间，他意识到这个可以解释锦天满宫密室案件的谜团。所以他当时才那么激动，而我如今也终于彻底明白了这一切。

我环视教室，看到了小枫的背影。她只见到那天御手洗先生激动的情形，还不知道到底怎么一回事呢，我得把咖啡店钟摆晃动的原因告诉她。可是要不要全告诉她呢？这个还要好好想想。一旦将事情真相和盘托出，她就会知道在她八岁时，给她送礼物的圣诞老人是谁了，而对她来说那是世界上唯一一个真正的圣诞老人。国丸先生知道后也会不高兴的。

预科学校放学后，在回家的路上，我邀请小枫到公园的长椅上坐下，把我昨天和御手洗先生、树律师一起去水鸡桥看守所见国丸信二的事告诉了她。小枫听完后，惊讶地盯着我，然后问："他还好吗？"

我回答说："嗯，挺好的。"

紧接着我又补充道："他说他不想从看守所出来，说里面待着很舒服。"

她一言不发，在沉默片刻后说："好多年了，我也一直想去看守所见他。我知道他在哪里，也知道在哪个看守所。"

她抬起头望着天空，我在一旁静静地等待着。

"我给他写过信，写了很多很多。因为不能写在信纸上，所以我写在大学笔记本上了，已经写了好几本，可是我寄不出去，也没能去见他。"

"为什么？"

"因为我是个女孩子，我不能去看守所这种地方，我妈妈会担心的。她要是知道她女儿出入看守所，她肯定会自杀的。"

"啊？"我惊讶地说道，"可是，不光是因为那是看守所……"

还没等我说完，她就回答道："嗯，没错。"

我接过话茬说："你妈妈肯定觉得他是杀害自己亲弟媳的凶手吧。"

小枫说："他不是那种人，也绝对做不出那种事。他喜欢我妈妈，而且从来没跟我妈发生过任何冲突。悟君，你不这样认为吗？你去见了国丸叔叔，你觉得他是那种会杀人的人吗？"

"我觉得不像，他看上去很单纯，很诚实。而且他很年轻，也很帅气。"

他那羞涩的笑容依然萦绕在我的脑海，还有在他觉得小枫唯一的美好回忆要消失时发出的叫声，他的声音依旧萦绕在我的耳边。我被他只为别人着想的言辞打动了，我确信他是值得信任的人。

"是吧？我妈妈也不是不知道这一点，可是因为世人都怀疑他是杀人凶手，所以我妈不允许我去见他。"

"也是，我理解，毕竟这会影响到咖啡店的生意。"

小枫低着头小声说道："对于我妈来说，还不止如此。"

"嗯？什么意思？"

"虽然她不说，但是我知道。如果国丸叔叔是被冤枉的，那大家就会想了，真正的凶手是谁呢？"

"是。"

"这样一来，我爸爸就成了凶手了。"

"也是啊。"

"也没有其他人了。可是爸爸是我现在妈妈的亲弟弟。"

"哦，这样啊。"我感叹道。我丝毫没有想过这些事情，完全忽略了这些。

"如果自己的亲弟弟成了杀人犯，我妈肯定很困扰，她估计都活不下去了。不仅有咖啡店，还得顾及面子。对于我妈来讲，国丸叔叔是凶手，反而是对我们的帮助。"

"原来是这么回事。"

我终于明白了，的确如此，对于小枫的母亲来说是这样的。

"因为这就是女人的世界，所以我也不能写信。万一看守所回信了寄到家，我妈看到后肯定会担心到哭的，会觉得我不是个好孩子。她把我养这么大，我不想让她担心。"

"也是。"

我终于明白小枫的想法了。

"帮助国丸叔叔，是不是就等于在逼我妈妈？"小枫甚至想到了这些，"这件事情始终束缚着我，想到我妈妈的心情，我就什么都做不了，动弹不得。"

"我理解。"

"我只能对国丸叔叔坐视不管，这很痛苦。我写给国丸叔叔的大学笔记本也对妈妈保密，不让她知道。"

"你想给国丸叔叔看？"

"嗯……"小枫说着便笑了起来。

"那不行，太让人害羞了。我知道这个寄不出去，所以我在里面写了很多自己的事情，包括一些烦恼之类的。"

"哦。"

"可是，我一直很感谢国丸叔叔，我在锦天满宫上幼儿园和小学时，一个人很孤单，要是没有他陪在我身边，真的不敢想象我当时会是什么样子。多亏了他，我的内心才没有扭曲。他真的是我的恩人，所以我真的想为他做点什么。"

"嗯……"

我思索着，不知道该说什么。这种心情太复杂，"体面"这个听起来平淡的词，背后却是残酷的另一面。

这时小枫说了句："可能只有等到大学搬出来住才行吧。"

"也不知道他还记不记得我。"

我立刻笑着回答："当然记得。"他为了小枫，可以牺牲掉自己的人生，小枫就是他的一切。在他的脑海里，小枫肯定还是个八岁孩子的模样。

小枫说："即便我这样，他也记得吗？那我就太开心了，我真想为之前的事道歉。他有提到我吗？"

"嗯……"我又词穷了。一旦我说了，就等于把国丸先生的想法全部告诉她了，这是国丸先生不想看到的。

"你家店里的钟摆不是出现了奇怪现象吗，我今天就是想把御手洗先生告诉我的转述给你。如果你有其他想问的，或者不确定的，你就说出来。我会知无不言的。"

小枫低头看着自己的脚尖，缓慢地点了点头。于是，我就把御手洗先生用简单的振子实验装置给我们解释的事情重新讲了一遍。

因为没有实物难以理解,所以我在地上画了图,还做了详尽的说明。

听完我的解释后,小枫感慨地说:"原来是这样啊!"

"原来原理是这样的。我家咖啡馆里的钟摆,只有一个摆动起来了,现在我懂了。原来是房东永山先生家挂着一个一模一样的钟表,它们产生了共振。"

小枫思考片刻后又说:"好想去见他呀,等我上大学一个人租房住之后应该就可以去了,虽然也有点害怕。"

"害怕?怕什么?"

"那里有那种杀人犯吧?像黑社会这类的。"

"是的,不过一点都不可怕,我探监的时候都没看见过那种人。"

"是吗?"

"可是,会不会有那种看着就可怕的朋友去探视?"

"嗯,也是。"我随声附和着,可是之前确实没见过。

"不过,离开父母也挺好,他们也看不到摸不着我了。"

"那你最好别考京都的大学,不然你还得住在家里,不能搬出去了。"

"嗯,也对啊。"

"那我要不就考大阪府立医大……"

"那到你上大学为止,事情的真相就先由我替你保管了?"

小枫沉默了,她有些犹豫不定。然后说:"御手洗先生都弄明白了?"

我用力点点头,肯定地回答道:"是的!他把所有谜团都解开了,他现在担心的是……"

"担心？"

"嗯，他和律师两个人都在担心。"

"担心什么？"

"他们想把被冤枉的国丸先生救出来，你也想吧？"

"当然了，我当然想救他。"

"怎么可以把无罪的人关在牢里这么久！"

"就是。"

"他人那么好。可是，他要是被释放了，就等于是在逼你妈妈。"

"嗯。"小枫又陷入了深思。

我说："有些事，你可以做到。"

"什么事？"

"可是，我要是说了，就必须把所有的事情都告诉你，你得让我考虑几天。"

小枫听到后，想了想，说："可以。"

21

我在进进堂见到了御手洗先生，他告诉我，树律师决定不带被告上法庭了，而是以代理人的身份参与辩护。因为一旦传唤了被告，他就会拒绝讲出事情的真相。

我问他这行得通吗？他说律师正绞尽脑汁想办法。虽然他觉得这样做有些对不起国丸先生，但是他也赞成这样做，并且会尽全力协助此事。

听完后，我的内心五味杂陈。不只是国丸先生反对，估计小枫的母亲也不同意这样做吧。找出事情的真相不一定能帮助别人，这是我早就明白的道理。但是，我一直认为谎言帮助的都是坏人，就算不是坏人，也是近似坏人的一类人。可眼前的情况却不同，小枫的母亲是个极其善良的人，却被罪孽深重的谎言所拯救。

这些事情扰乱了我的思绪，我想起御手洗先生在四条河源町说过的黑色幽默。人类社会错综复杂，寻常手段是行不通的。

无意间，我想到了小枫，不知道她现在怎么样了，她的心情肯定更加复杂。国丸先生是她痛苦时期的恩人，她肯定希望国丸先生是无辜的。可一旦证明国丸先生无罪，那养育她的父母就会变得痛苦。树律师正在努力证明小枫的父亲才是真凶，一旦举证成功，小枫的母亲作为杀妻犯的姐姐，还能像以前一样继续经营咖啡店吗？

我在公园跟小枫谈过之后，过了两天，她在预科学校放学的路上，拒绝了我的建议。她说目前她还不想知道更多关于咖啡店钟摆怪谈的真相，现在自己只想专心学习，选择复读已经给父母添了很大麻烦，不想因此扰乱备考心情，剩下的分析等考上大学后再听。她的心情我十分理解，所以我就答应了她。

虽然小枫说要考京都府立大学或者大阪府立大学，但其实她父母希望她能考上京大医学部护理专业。因为护理专业比其他专业要好进些，她考上的希望很大。话虽如此，可毕竟是难考的名校，考虑到她作为养女的情况，现在确实不能有任何松懈，她的心情我可以理解。

最近，御手洗先生在帮助树律师做上庭准备，要开的会多了，来进进堂的日子自然也就少了。临近高考，这对我的影响是很大的。以前在进进堂见到他还能话话家常或者聊聊小枫家的案件，可如今却只能请教他一些考试不懂的地方。就这样，不知不觉迎来了新年。

对于备考生来说，新年的喧嚣就是地狱。京都尤其热闹，这让我的心情十分痛苦。紧张的季节来临，我频繁失眠，这样容易搞垮身体。这种时刻身体健康十分重要，可我在紧张和绝望的压迫下，精神快要崩溃了。父母让我回老家，可我不想打乱学习节奏，所以最终决定不回去了，等考上大学了，想什么时候回去都可以。

一月三号，我在进进堂见到了御手洗先生，他邀请我一起去吃杂煮[①]。于是，我们两个人沿三年坂走下来，穿过盛装打扮的

[①]过年吃的日式菜肴。

人群,来到了一个水池前,水池里有很多红鲤鱼和白鲤鱼。这里就是御手洗先生知道的那家店,我们进入店里用餐。

我们端着日式酒壶,只喝了一杯日本酒,吃了些杂煮,就从店里出来了。之后,我们又朝着八坂神社走去。

这时,御手洗先生突然开口说:"这一带的地面是平安京时代延续至今的。"

我问他:"这一带,那其他地方不是吗?"

"庚申战争一带就不一样。"

"嗯?"

"罗生门附近,呈棋盘状分布的街道也不是,那里平安京的地面已经成为地下一层了。"

"是吗?"

"应仁之乱就是在地下发生的。在千年的漫长时间里,尘埃与土壤堆积在地面,使得京都的地面整体上升了一层,变高了。"

"您说的是真的吗?"

"真的。东京脚底下是东京大空袭时期的黑色灰尘层,整个城市被这层黑土覆盖。而京都就没有这种情况,因为这里没发生过空袭。"

"嗯,这样啊。"

"然后,再过一千年,京都的地面就变成二楼了。岁月会给整个城市盖上一层尘土,把人类所有的营生都深埋到地下。"

我呆呆地听着,内心有一丝迷茫。

"不论快乐与痛苦,岁月都会将它们深埋至地底,就像一切都没发生过。这时,就轮到历史学家出场了,他们会写出历史这本小说。

"杀人的悲剧,以及自杀者的深切悲伤……

"肯定会最先被掩埋。纵观壮大的历史长河,这个世界上没有什么了不起的悲剧,当然广岛和奥斯维辛除外。所以,必须将这些都掩埋在地下。"

"这样啊。"

"悟君,哪个大学其实都一样。大学教给我们的,其实都大同小异。关键看你大学毕业后学到多少。"

我不知道该如何回答。

"你觉得自己考上了某所大学,这一辈子就决定了吗?"

"是的。"

"十八岁左右的行为,是不会决定人的一生的。如果老师这样教你们的话,那可真是罪孽深重。"

"嗯。"

"或许大学会教给你振动与共振的知识,但是有些事情大学不会教。比如,国丸先生是不是凶手,事情的真相是否会将小枫和她母亲拖入痛苦的深渊。在这个麻烦的世界里生存下去的技术与能力,以及吸引别人的人格魅力等,这些都是走出校门后学习的东西。"

"哦……"

"一流大学的优秀学生,大多在这些方面学得不好,当然也有例外,它让人错以为视野狭窄是值得炫耀的……如果有一项独特的技能,就变得高傲狂妄,那样的人是无法赢得人们的尊敬的。很多考上东大和京大的学生,他们在高中度过的是单纯的像玩记忆游戏一样的生活,也因此失去了培养最重要的生存手段与能力的机会。这个你要注意。"

"是这样的吗?"

御手洗先生说:"美国人经历过很多战争,并从中学到很多。"

之后，他们废除了高考，转而重视SAT①与AP②，是否有志愿者活动、项目经验等社会经验，有没有参加体育活动，或者表演、演讲和音乐才能。

"日本的一流大学轻视项目经验与志愿者活动，只会给那些考试成绩优秀的人毕业后当领导的机会。让那些只为自己努力的东大毕业生当官，突然让他们丢掉自我，为世人鞠躬尽瘁，这是不可能的。他们百分之九十九都会失败，只会学习那些虚头巴脑的场面话。

"我们这个国家不久也会改变，这种低级错误终究会结束。日本的一流大学只不过是幻想，大学文凭的作用只到就业为止，到了社会上就不管用了。高考只是人生路上的一个里程碑，虽然这个很重要，但也不至于为此拼命。"

不久之后，高考来临了。我带着从北野锦天满宫求来的护身符上了考场，但还是没考上京大文学系。好在考上了同志社大学的文学系，我也不想再复读了，于是决定去这所学校。

我之所以能下定决心，还是要感谢正月初三御手洗先生跟我说的那番话，要不然我可能还想再复读一年。可是现在回想起来，御手洗先生特意把我叫出去，跟我说了那些话，应该是因为他当时预见到我考不上京大吧。想到这里，我就感觉羞耻不堪。当时我经常请他帮我查看作业，可能当时他就看出来我没有上京大的能力吧。

小枫如愿考上了京大医学部护理专业，成为御手洗先生的学妹。刚开始我很嫉妒她，以至于整晚睡不着，可想到她从小的痛

---

①由美国大学委员会主办的学术能力评估考试，其成绩是申请美国大学入学资格和奖学金的重要参考。
②美国大学预修课程。

苦经历和不懈努力，也就觉得理所当然了。

也许是因为有御手洗先生的通力配合，树律师的战斗也成功了。国丸先生在二审中被判无罪，即将从水鸡桥看守所被释放出来。当时我们考上大学的消息也刚公布出来，真是喜上加喜。可是，不知道这对于国丸先生来说是不是值得庆贺的事。

在一个风和日丽的春日里，树律师、我和御手洗先生三个人来到看守所门前等候。他们二人一看到我，便恭喜我考上了大学。我笑着低头致意，但不敢保证当时脸上是否是喜悦的表情。

他们外套胸口处都别着小白花，于是我问："这个花是？"

树律师听到后，从他胸前的两朵白花中抽出一朵，别在了我的胸前，然后跟我说："恭喜你考试合格。"

我接着又问御手洗先生："这是什么花？"

他回答我说："你马上就会知道了。"

蓝色的金属大门开了，国丸先生穿着一件像工作服的外套走了出来。他的衣服和上次我们在会见室看到的不一样，像是刚洗过的一样，洁净亮白。

树律师说："恭喜出狱！这么短的时间内，真的堪称奇迹！如今你无罪释放，可以大摇大摆地想去哪儿就去哪儿啦！没想到这种事情也会发生在日本呢。"

御手洗先生接着说道："检察官审查会再三发出劝告，而且这件事在法官中间也得到了重视。虽然他们不会对外公开说，不过法官也都提前做好了准备。"

国丸先生听完后露出了羞涩的笑容，然后突然把脸扭过去说："律师先生，您办的这叫什么事儿啊！"

树律师一言不发地等着他说完。

"出来这么早，我都没办法生活。我没有退休金，也没有工作。您说说,这叫什么事儿!我会恨你的,树先生。"

"你被错判服刑十几年,如今也获得了补偿金,不工作也够你生活好些年。我在三条给你租了一个公寓,就在我的事务所附近,在这期间我会协助你找一份工作的。"

"那铸件工厂……"

"东北地区有好多,川口也有,关西地区也还有。我们别在这里待着了,走吧!我们坐京阪线去三条吧。"

国丸先生脸上的笑容消失了,开始不断叹气。

"这件事我真的有点过意不去,不过从我的高度出发,作为一个法律专家,我也想偶尔向世人展示一下我的能力。"

"真是太意外了,所以你利用了我吗?一个人上法庭,真的是太自作主张了。"

"为了表达我的歉意,我就不收你的辩护费了。"

"反正都是国家选定的律师吧。"

"哦,是这样吗?那中元节和年终送礼也干脆免了。"

"那个花儿是什么?大家都插在胸口,是在纪念什么吗?"

国丸先生问了跟我一样的问题,于是御手洗先生回答了他。

"这是为了纪念你出狱,这朵花告诉了我们一切。"

"嗯?什么意思?我没懂。"国丸先生接着问道。

御手洗先生手指着前方说:"还有一个人想送你礼物,她就在那儿。"

我们来到水鸡桥,看到有位女性手持白色花束,正靠在栏杆上。看到我们走近后,她连忙站好,朝我们走了过来。

她喊着:"国丸叔叔!"

原来是小枫。

一旁的国丸先生像被冻住了一般呆立在原地。

小枫微笑着靠近，把手中的花束一下子强推到国丸先生面前，对他说："欢迎回来！对不起，我之前很想去探望你，也写了很多信，可始终没能寄出去。不过我一天也没有忘记过你。"

"小枫？是你吗？"国丸先生终于开口说话了。

"是我。"

"真是长大了……个子也高了。"

国丸先生感慨万千，能感觉出来他很惊讶。

"我都十九岁了。"

"我都没敢认，还以为是谁呢。"

"您还是老样子，没有变。"

"嗯？是吗，我老了吧？"

"哪有。完全看不出来，跟原来一模一样。"

国丸接过花束，看着手里绽放的白色花朵。

"这是什么花？"

"圣诞玫瑰。我当时就是因为这个花才发现真相的。虽然我跟大家都说是世界上独一无二、如假包换的圣诞老人送的礼物，可是当我看到这个花时，我明白了，原来送我过家家套装的是国丸叔叔。"

国丸呆呆地伫立在原地，他还没有反应过来。

"你是怎么知道的？"

他看了看我胸口别着的白色花朵。

"您还记得吗？那年是昭和三十九年（一九六四年），四条的高岛屋商场在举办'感谢圣诞老人特卖活动'。"

国丸先生抬头望着天空，一副努力回忆的表情。

"啊……哦……我有点印象。"

"家长作为圣诞老人来买礼物，而作为回馈，商场向购买者赠送花种，用信封包住。后来一个偶然的机会，我在报纸上看到了相关报道，也去商场进行了确认，这才知道原来那是国丸叔叔在四条的高岛屋给我买的。"

国丸先生嘟囔着说："种子……"

"有这么个东西吗，是我放进去的？"

"没错。商场给的花种就夹在礼物包装纸中间。"

"哦，对，我想起来了。"国丸先生好像突然想起来了一样。

"装着花种的信封，对，对。我只把里面那个给圣诞老人的信抽出来了，装着种子的信封夹在包装纸里面忘了拿。那天晚上的事把我吓蒙了，最后没把信封抽出来，就那样把礼物给你了。"

"我还记得那个过家家套装是我跟您一起去商场里看过的，案件发生的第二天，警察特地把种子送到我位于宝池的家。爸爸教我把种子撒在家门口的花坛里，然后浇上水，它就发芽长大了，如今开出白色的花朵，长满了整个花坛，我把花拿到店里装饰，送给邻居。不过我早就决定了，等您出来了，就用这个花做一个花束送给您。"

听到小枫说的话，国丸先生惊呆了，眼前发生的一切都大大地超乎了他的想象。

"国丸叔叔，真的很感谢您！非常抱歉，我的感谢说得太迟了。在锦天满宫的时候，如果没有您陪伴在我身边，我都不知道自己的童年会是什么样子。可能我的心理会很扭曲，或许会成为一个糟糕的大人。

"是这个花告诉了我，这一切都是您为我做的。您为我做了很多，怕我孤单就每天来陪我，还带我去笹屋买点心，带我到大吉去吃饭，还教我数学、词语等等很多事情。而且，您还扮演圣诞老人的角色，如果没有您，或许我现在都不在这个世界上了。

"如今，我考上了理想的大学，您也被证明无罪，真是太高兴了。我一直努力，没有成为社会的废物，还迎来了人生中如此高兴的一天，我别无他求。这一切都多亏了您，真的是太感谢了。"

国丸先生张着嘴巴呆住了。

"这……这实在太让人意外了。这种时候，我应该说什么呢？我都不知道说什么好了，到底该说什么呢？我只知道，该说感谢的人是我。如今你都长这么大了，还变得这么漂亮，我真的没想到还能有这一天。刚才我还埋怨这位律师先生太任性呢，竟然擅自为我辩护……"

这时，树律师伸手，拍了拍国丸先生的肩膀。

"任性律师在深草站的检票口等你。"

他说完便走了，我和御手洗先生也紧随其后。

我们走了很远后，他回头看着在桥上说话的两个人说道："这样就能得到他的原谅了吧。"

"那可不好说，"御手洗先生毫不客气地说道，"要是我，就不会原谅。"

"嗯？是吗？为什么？"

"被人强行拉回这无聊又肮脏的世界，肯定会生气的。"

"见到那个小姑娘，他是不是就可以放过我了呢。"

御手洗先生面露难色地点着头。

树律师苦笑着说："御手洗先生，总之我要感谢你。多亏你帮忙，事件才能够顺利解决，我也立下了大功，我就是因为想做这样的工作才当律师的。"

御手洗先生也笑着说："你也是无偿服务，就不用客气了。对我来说，只要他能明白一个道理就好。社会上不全是坏心眼、恶意伤人的人渣，还是有好人的。"

"TORII NO MISSHITSU -SEKAI NI TADA HITORI NO SANTA CLAUS" by Souji Shimada
Copyright © 2018 Souji Shimada
All Rights Reserved.
Original Japanese edition published by Shinchosha Publishing Co., Ltd.
This Simplified Chinese Language Edition is published by arrangement with Shinchosha
Publishing Co., Ltd. through East West Culture & Media Co., Ltd., Tokyo
Simplified Chinese edition copyright: 2020 New Star Press Co., Ltd.
All rights reserved.

本书由新潮社正式授权，版权所有，未经书面同意，不得以任何方式做全面或局部翻印、仿制或转载。

图书在版编目（CIP）数据

鸟居密室 ／（日）岛田庄司著；马耀鑫译 . — 北京：新星出版社，2020.12
（2021.1 重印）
ISBN 978-7-5133-4199-8

Ⅰ.①鸟… Ⅱ.①岛… ②马… Ⅲ.①长篇小说—日本—现代 Ⅳ.① I313.45

中国版本图书馆 CIP 数据核字（2020）第 199731 号

午夜文库
谢刚 主持

鸟居密室

[日] 岛田庄司 著；马耀鑫 译

责任编辑：王　萌
特约编辑：刘　琦
责任校对：刘　义
责任印制：李珊珊
装帧设计：舆書工作室

出版发行：新星出版社
出　版　人：马汝军
社　　　址：北京市西城区车公庄大街丙3号楼　　100044
网　　　址：www.newstarpress.com
电　　　话：010-88310888
传　　　真：010-65270449
法律顾问：北京市岳成律师事务所

读者服务：010-88310811　　service@newstarpress.com
邮购地址：北京市西城区车公庄大街丙 3 号楼　　100044

印　　刷：北京美图印务有限公司
开　　本：910mm×1230mm　　1/32
印　　张：7.125
字　　数：112千字
版　　次：2020年12月第一版　　2021 年 1 月第二次印刷
书　　号：ISBN 978-7-5133-4199-8
定　　价：45.00元

版权专有，侵权必究；如有质量问题，请与印刷厂联系调换。